櫻子さんの足下には死体が埋まっている

櫻花の葬送

太田紫織

角川文庫
22602

目次

ばあやさん(沢《さわ》梅《うめ》)

九条家に仕える、櫻子の世話係。料理上手で聞き上手。

館《たて》脇《わき》正《しょう》太《た》郎《ろう》

平凡な高校生。櫻子さんのせいで、奇妙な事件に巻き込まれがち。

九《く》条《じょう》櫻《さくら》子《こ》

骨を愛でるのが大好きなお嬢様。標本士でありながら検死もできる。

櫻子さんの足下には死体が埋まっている
Characters

内《うつ》海《み》洋《ひろ》貴《き》

交番のお巡りさん。正太郎の知り合い。元気で明るい性格。

磯《いそ》崎《ざき》 齋《いつき》

正太郎のクラスの担任。生物教師。残念な性格の美形。

鴻《こう》上《がみ》百《ゆ》合《り》子《こ》

正太郎の同級生。明るい性格だが、祖母を喪ったトラウマを持つ。

山《やま》路《じ》巡《じゅん》査《さ》 正義感が強い。行方不明の兄を探しているというが……。

千《ち》代《よ》田《だ》薔《しょう》子《こ》

櫻子の許婚の従姉。櫻子とも親しい間柄。

阿《あ》世《ぜ》知《ち》蘭《らん》香《か》

ゴスロリテイストな、正太郎のクラスメイト。

今《いま》居《い》陽《はる》人《と》

正太郎の親友。テニス部所属。百合子に片想い。

花《はな》房《ぶさ》　蝶形骨を集めるシリアルキラー。現在行方不明。

イラスト／鉄雄

蝶は聖夜に羽ばたく・後　第肆骨

■壱

夜が近づくにつれ、十二月の冷気がじわじわと、爪先《つまさき》に、むき出しの頬に染みこんでくる。

冬の寒さは容赦がない。

怒りや、憎悪に似ている。

僕の怖れや制止に、耳を傾けてはくれないんだ。

淡いスマホの明かりに照らされて、廃トンネルに立ち尽くす好美《よしみ》さんは、あたかもホラー映画のワンシーンのように禍々《まがまが》しく、恐ろしかった。

いや、そう思い込みたかったのかもしれない。もしくは悪夢だったら良かった。現実じゃなければ。今すぐ目を覚まして終わりに出来たなら。

寒さと恐怖に、肌が粟立《あわだ》つのを感じながら、僕は咄嗟《とっさ》に櫻子《さくらこ》さんの腕を握った。

これは夢じゃない。

逃げなければ。

「人形の首は渡さない。これは私と、姉さんのものよ」

抑揚のない声で、好美さんが言った。

「貴方《あなた》たちだって邪魔するなら容赦はしない」

「……燃えカスで作られた人形の首など、私達は興味はない——それより、そんな物捨ててしまえ。君だって足下がふらついているじゃないか。二人とも治療が必要だ」

本当に興味がないというような、努めて冷静な口調で櫻子さんがコンクリートブロックを指して言った。

好美さんも鼻や口元から血を流していて痛々しい。足下で倒れている千葉《ちば》さんの生死はわからないけれど、湿った空気の中に、確かに血の臭いがする。

「痛みと恐怖と怒りで、君は今、アドレナリンが過剰に出ているんだ。よく考えれば、今の状況が君の為にならないことがわかるはずだ」

そう言って櫻子さんが手を伸ばした——けれど好美さんは、身を竦《すく》めるようにして後ずさった。

「近寄らないで」

好美さんの恐怖と動揺が、揺れる空気越しに伝わってくる。

「私達は何もしないよ。それより君にとって、これが最善の選択なのか、もう一度考えてみるんだ」

「そんなの、どうだっていいわ。私はもう、どうなったって構わない」

「矛盾だな」

櫻子さんが声をワントーン低くした。語尾が微《かす》かに震えているのは、彼女も緊張しているのか、それとも単純に寒さによるものなのかはわからない。

「自暴自棄になるなら、むしろそんな物、どうだっていいだろうに。そうできないと言うことは、まだ君は生きたいという事じゃないか」

それでも櫻子さんは、寒さも動揺も表には1ミリも出さずに、むしろ真摯《しんし》な口調で言った。

「冷静になれ。これは君の為にはならない」

薄闇の中、好美さんの表情ははっきりとは見えない。けれど彼女が俯《うつむ》いたのは見えた。

「………」

好美さんが、小さく息を吐いたのが聞こえた。

「さあ。私達は君を害さない。少なくともこの子にそれが出来ない事は、君だってわかっているだろう？　少年はあの日、確かに君の命をこの世につなぎ止めた。他でもなくこの子は、そんな君を傷つけることは出来ない」

それは、櫻子さんの言うとおりだ。

出来る事なら、怪我をしている好美さんの手当を今すぐしてあげたいと思うくらいに。

だけど同時に、倒れている千葉さんが心配だし、櫻子さんと自分自身の身の安全も不安だった。

でも櫻子さんは、自分の事など考えてもいないようだった。

ゆっくり、まるで野生動物を脅かさないようにするみたいに、静かに動く。

「近寄らないでって言ったでしょ！」

好美さんがまた叫んだ。怯《おび》えて、泣いているのかもしれない。

「千葉の怪我の確認だけさせてくれ。君の為でもある。君を殺人犯にしたくはない」

「生きていたら……罪に問われるのは同じ事よ。彼にはこのまま死んで貰《もら》う方がいい」

「先に手を出したのはこの男の方だ。正当防衛だよ。私が証言する」

「…………」

好美さんは、櫻子さんを信じかねているようだった。

それはそうだろう。とはいえ、信じて貰わなきゃ困る。

「好美さんも、手当をした方が良いと思います……ちゃんとわかってます。先に暴力を振るったのは千葉さんです」

僕も慎重に言い添えて櫻子さんに歩み寄り——その時、ガラン、ガキンと足下で金属音がした。

危うく転びそうになった。それは千葉さんが手にしていた金属バットだった。

「あ……」

元々好美さんの車の中にあった物だ。本来は千葉さんと櫻子さんの家族を殺した犯人に振るう為に用意された物——なんという暴力的な選択だろう。

これが実際に凶器として使われることがなくて良かったけれど、現時点でも危険な物である事には変りはない。

一瞬にして、辺りに緊張感が走ったのがわかった。

ごくん、と喉《のど》が鳴る。

ゆっくり足を上げると、からん、からん、と、トンネルの中に金属音が響き渡り――

同時に、櫻子さんと好美さんが動いた。

素早かったのは、もしかしたら好美さんの方かもしれない。

でも距離があり、そしてトンネル内は暗い――結局先にバットを手にしたのは櫻子さんだった。

好美さんが使えないように、櫻子さんががっしりとバットを抱える。

「……私を殺すの？」

それを見て、好美さんが力なく呟《つぶや》いた。

「いいや。ここで今、これを振るおうという意思があるのは君だけだ」

実際そうだ。僕も櫻子さんも、これを『使いたい』んじゃなくて、『使われたくない』んだ。

好美さんの目が、昏《くら》く光った気がした。

「私だって使う予定はなかったのよ……本当はそれで、この人があの男を殴り殺して、遺体と一緒に川に捨てるつもりだったのに」

好美さんが倒れたままの千葉さんを見て言った。

「川に？　バットをか？」

「ええ」

「だったら——そうしなくて良かったじゃないか」

「え？」

「金属バットは沈まない」

「え？　で、でも」

「中まで金属ではない。しかも密封されている。よって浮力が働くんだ。だから水には沈まない。確かに神居《かむい》古《こ》潭《たん》を流れる川は、死体が上がりにくいとは言われているが、少なくともバットは浮いてしまっただろうね。船だって金属製だが沈まないだろう？」

「…………」

好美さんが絶句するように息を呑《の》んだのがわかった。

とはいえ僕も以前は沈むのかと思っていた。そうじゃないと知ったのは、推理小説か何かで読んでからだ。

好美さんが力なく、ずるずると地面に膝《ひざ》を突いた。

「落胆する必要はない。はなから君のシナリオとは違っているだけだ。誰も死んではいない」

櫻子さんは態度に表さないようにしてはいるけれど、内心焦っているのが肌で感じられた。心配をしているのだ。

好美さんも殴られているし、千葉さんの止血もしたいのだろう。

「……結局、『貴方たち』はいつだってそう。自分だけが正しいのよね」

好美さんは体育座りで、膝に顔を埋《うず》めると、くぐもった声を洩《も》らした。

「姉さんもそう。何食わぬ顔、当たり前の顔をして、私から全てを奪った。息を吸うように容易《たやす》く」

「私は清美《きよみ》とは違う。君から何かを奪う気はないよ。正直君に興味はないし、人形の首の事もだ。とにかく彼の手当をさせてくれ。君は好きにしたらいい――いや、そうじゃないな。ただ、首の一つは返してくれ」

「嫌よ！」

「旭山《あさひやま》動物園から奪った首の事だ。今すぐに戻せば、騒ぎにならずに収束させられる。君だって問題にならないで済むなら、それにこした事はないだろう？」

「………」

彼女は最初反発したけれど、櫻子さんの提案を改めて鑑《かんが》みるように黙った。

「あとは好きにしろ。逃げていい。この男は私が全て引き受ける」

櫻子さんがきっぱりと言った。好美さんが驚いたように「え？」と小さく声を洩らした。

「……どうして？」

「君も騙《だま》されたとわかっているからだ。あまりに稚拙で粗末な計画だったが、制止されなかったと言うことは、おそらくどうなろうと気にしない連中に、君も振り回されているのだろう――もしかしたら、むしろ君が自滅する事を願っているのかもしれないな」

「……馬鹿にしているのね」

「そういう訳じゃないが、人間には向き不向きというものがある。君は他人を陥れるには、些《いささ》か度胸が足りなすぎるな――だから、今のうちに逃げるといい」

「……だったら貴方も逃げたらいいのに。何処までその子を巻き込むつもりなの？ まだ子供なのに何処までも奪い続け、更に殺人事件にまで関与させるつもり？」

「千葉はまだ死んでいない」

「時間の問題よ」

確かにこのままでは危険だ。

「やはり救急車を呼んだ方がいい――少年」

そう櫻子さんが言ったので、僕はスマホを取り出した――けれど、好美さんは「ダメよ！」と叫んだ。

「好美さん……」

「救急車も、警察も、許さない」

このまま見捨てたって、どうせ春まで見つからないわ――と、好美さんが思い詰めたように呟く。

でも、そんな事出来るわけないじゃないか。

「……僕は、これは、この選択は、やっぱり誰よりも『貴女《あなた》』を幸せにしないと思う」

彼女を激昂《げきこう》させたり、感情的にならせてはいけないとはわかっている。

だから迷いながらもそう告げると、彼女は低い声で笑った。

「幸せになるために生きられる人なんて、いったいどれだけいると思うの——いいから、スマホを渡しなさい」

「あ……」

「言ったでしょう？　通報なんてさせないわ」

「…………」

仕方なく、言われるままスマホを差し出す。

と、彼女は僕のスマホをそのまま自分のポケットにしまった。

「勝手にしたらいいわ。きっと後悔するだろうけれど」

好美さんは捨て台詞《ぜりふ》のようにそう言うと、引き換えに人形の首を一つ、僕の胸に押しつけた。

唯一の明かりを奪われて、辺りは真っ暗になってしまった。

暗さのせいか、寒さのせいか、殴られて痛むのか、浅い震えるような息を吐きながら、好美さんが遠ざかっていく。

「櫻子さん……」

「今は気にするな。放っておけ」

そう櫻子さんは短く言うと、ポケットからペンライトを取り出した。それより千葉さんの手当が先だった。

頭部の外傷なので、やっぱり出血量が多いらしい。櫻子さんはハンカチで傷口の圧迫をしているようだった。

僕も持っていたハンカチを差し出す。

血の濃厚な匂いがする。命の匂いが。

「大丈夫だ。少なくとも脈はある。だが止血をしなければならない」

「良かった……」

「少年、手元を照らしてくれ」

ライトを渡され、櫻子さんに指示されるまま、その手元を照らす。

なんとも頼りない、一筋のか細い光だ。でも今の僕たちにとって、唯一の光だ。

「車に連れて行った方がいいんじゃないでしょうか」

「それにはまず止血だ」

二人で成人男性を運ぶのは大変な事だ。それに動けば出血が酷《ひど》くなる。しっかり傷口を固定し、ある程度止血をしてからがいいと、櫻子さんが険しい顔をして、傷口を押さえていた。

「う……」

患部を圧迫された痛みでか、千葉さんがうめき声を洩らした。

「意識が戻ったか。そのまま失わずにいろ。正太郎《しょうたろう》、話し相手になれ」

「話し相手って……」

「なんでもいい。頭蓋骨《とうがいこつ》でも数えさせろ」

そんな、僕と櫻子さんじゃないんだから。

「だ、大丈夫ですか……？」

仕方がないので、悩んだ末にそう聞いた。千葉さんが弱々しくも失笑に似た息を洩らした。

「大丈夫に……見え、るなら」

「え、あ……た、たぶん……」

……我ながら愚問だった。

千葉さんは痛みに顔を顰《しか》め、そのまままた目を閉じてしまった。

慌ててもう一度声をかけ——そして、自分で考えるより先に口が動いた。

「あ！　あの！　聞かせてください」

何を？　という風に、千葉さんがうっすら目を開ける。

「い……妹さんの話を、聞かせてください。もう少しちゃんと」

「…………」

千葉さんは黙ってしまった——また意識が遠のいたのかと慌てたけれど、考えていただけのようだ。

「聞いて、どう……する？」

「何かわかるかもしれない。私も聞きたい」

やがて力なく問い返してきた千葉さんに、櫻子さんも静かに言った。

「……誰も、俺の話なんて、まともに聞かない……」

「それは私もだ。まだ子供の言う事だと、大人はまともに取り合ってはくれなかった——けれど、確かに君は最後に妹を見たはずだ。君の見たこと、感じたことを教えてくれ。覚えているか？　その日の天気はなんだった？」

「………」

櫻子さんの問いに、千葉さんが浅く息を吐いた。

「晴れていた……夕日に、染まった雲が、血みたいだった……」

ぽつぽつと、千葉さんが話し始めた。

それを聞く櫻子さんの白いシャツは、千葉さんの血で真っ赤に染まっていた。

夕月《ゆづき》ちゃんは、あの日遊びに行く千葉さんを追いかけて、橋までやってきた。

買ったばかりのピンク色のスニーカーと、ポケットに刺繍《ししゅう》の入ったデニムのジャンパースカート。

『いっしょにいきたい』と、彼女は泣きながら付いてきていた。

友人と遊びに行くのに、幼い妹を連れて行くような年齢ではない千葉さんは、何度も彼女に『帰れよ』と怒鳴った。

普段ならもう少し優しく出来たかもしれないが、その日は友人との待ち合わせの時間に遅れそうになっていたのだ。

だから言った。暗くなる前に、一人で家に帰れと。泣いている妹を叱りつけるように。

そう言う彼の声には、後悔の色が濃かった。

でも彼を責めるのも可哀相だと思った。

幼児から少年になっていた千葉さんには、もう家族以外の交友関係ができあがっていたのだ。

いつまでも妹の事だけにかまけてはいられなかったのはわかる。兄さんも僕を鬱陶《うっとう》しく感じていた時があったと思うから。

少なくとも、まだ子供だった彼に、責任を押しつけるのは違う。

だけど本人は、何度も何度も後悔し、自分を憎み続けてきたのだろう。

――アノ日　オレガ　ユヅキヲ　家マデ　送ッテイタラ

でも、過去の千葉さんは、そうはしなかった。妹を送り届けず、その場に置き去りにしたのだ。

やがて諦《あきら》めたように、夕月ちゃんはとぼとぼと千葉さんに背を向けて歩き出した。

何度か気になって振り向いたけれど、俯《うつむ》き加減ながらも、夕月ちゃんはちゃんとまっすぐ歩道を歩いていたそうだ。

そのしょんぼりした後ろ姿が、千葉さんの目に今でも焼き付いているという。

とはいえ、記憶はもう年々薄れてしまって、妹の顔は今ではおぼろげにしか思い出せないそうだけれど。

でも一つだけ言えるのは、夕月ちゃんが迷子になる距離じゃない筈《はず》だという事だ。

それに人通りもあった。彼女は臆病《おくびょう》で、慎重だったから、川を不用意に覗《のぞ》いたり、落ちたりするような事はまず考えられないし、知らない人間に声をかけられたって、付いていったりしない。

知り合いでもだ。家族以外に警戒心をもつ子だったんだと、彼は弱々しくも、断言した。

でも大人はみんな否定した。

子供の言う事、する事なんてあてにならないと。

夕月ちゃんが家族に放置されているだとか、誰にでも付いていくだとか、もしかしたら妹に嫉妬《しっと》している兄が、妹を川に捨てたんじゃないか？　なんて言う人までいた。

どれも事実じゃない。だけどあの日一度の『たまたま』が、千葉さん一家を幼子殺しの悪魔に変えてしまったのだった。

櫻子さんは千葉さんの傷口を押さえながら、彼の話を聞いていた。

その顔に表情はなかった。

櫻子さんも当時、千葉さんのように心ない言葉を投げかけられたんだろうか。謂《いわ》れない不名誉な噂で、責められたりしたんだろうか。

そうだとしても、きっと櫻子さんは気にも留めなかっただろう。

心が乱れたり、悲しんだりしなかったとは思う――彼女はそういう人だ。

だけど、それでもそんな風に言われていたのだとしたら、僕は悔しくて堪《たま》らないし、櫻子さんのような強靭《きょうじん》な心の骨を持っていないであろう千葉さんは、さぞ辛《つら》かっただろうと思う。

勝手なことを言う人達は、みんなわかっていないんだ。

犯罪は、悲劇は、不幸は、悪い事をしている人だけに降りかかるわけじゃない。

まるで罰が当たったとか、自業自得だとか、そんな事のように言うけれど、必ずしもそうとは限らない。

どんなに善良な人が、毎日清く正しく、心優しく生きていたとしても、悲劇はある日突然、時には理由すらなく降りかかってくる。

誰かの不幸を毒の舌で嗤《わら》っているその人は、ある日突然同じような立場になるかもしれないという事を、全然わかっていないんだ。

自分が被害者にも、加害者にもなり得るって事を。

「誰でもない。小さな子を攫《さら》って、苦しめる人間がただ悪いんだ。千葉さんや夕月ちゃんや、ご家族は悪くない」

僕はあんまり悔しくて、悔しくてたまらなくて、我慢出来ずにそう言った。

頬に、涙が流れた。

そんな僕を、千葉さんは驚いたように見上げていた。

「……もういい」

やがて千葉さんはそう弱々しく声を上げると、櫻子さんの手を押し返すような仕草を見せた。

「何？」

「もう……ほっといてくれ」

「傷は浅くない。頭部の出血が酷《ひど》い。とにかく止血してここから――」

「いいんだ……生き残って、どうする」

「いい？　何がだ？」

「………」

彼はそこから先は言わずに、黙ってまた目を閉じる。

千葉さんが、何をいいたいのかわかった。

諦めてしまったのだ。

色々な事を――全てを。

妹の命と一緒に奪われた、『日常』『未来』『目標』……優しい光の方向に向いているもの。

ここを出て命を救われたとしても、彼の人生は昏《くら》いトンネルに囚《とら》われたままなのだ。復讐《ふくしゅう》も果たせず、光の見えないままの道をフラフラと進み続けるくらいなら、いっそ――。

「……いいや。何もよくはない」

けれどそんな千葉さんの言葉を、櫻子さんが一刀両断にした。

「何があろうと、君は生きなければならない――何故なら、生きているからだ」

「なに……？」

「生きる事に、許可も、赦《ゆる》しも、理由も、権利もなにもない。この世に生をうけたものは、なにがあろうと生きていかなければならない。それがたとえ不幸であれ、罪であれ、不条理で、不平等でもだ」

そう言って櫻子さんは、力強く千葉さんの制止を押し返し、傷口を押さえた。千葉さんが痛みに呻《うめ》いた。

「痛いだろう。けれど痛いという事は、君の身体が確かに生きて、生きようとしている証《あかし》だ。死は停止。全ての終わり。平穏でも、解放でもない。『終了』だ。そこで全てが断絶する。感情も同じだ。君が生を終わらせたいと願うほどに辛いのだとすれば、君は確かに今生きていて、生きようと足掻《あが》いている――心臓が、秒針と共に動いているんだ。時は止まらないからこそ、生には意味があり、死後にも価値がある」

――時は、止まらない。

僕が『僕』を見失っていた時に、櫻子さんに夕焼けの下で、同じ事を言われたことを思い出した。

でもそうだ、時は止まらない。

心臓の鼓動と共に動き続けるから『命』だ。

「生きようと、死のうと、俺には価値なんて――」

「価値のない人間などいないよ。命に貴《き》賤《せん》などあるものか。その場所が辛いなら逃げればいい。しがらみが重いなら、捨ててしまえばいい。時に情が生きていく重荷になるなら、誰がなんと言おうと、切り捨ててしまえばいいんだ。『生きる』ことは、何より尊い」

「…………」

「わかったなら立て。出血が落ち着いてきた。辛いだろうがここから出るぞ」

そう言って櫻子さんは先に立ち上がり、千葉さんに手を差し伸べた。

でも、千葉さんは地面に横たわったまま、その手を取ろうとはしない。

櫻子さんが短く息を吐いた。

「ではこうしよう。家に七十万ほど用意してある。あの人形、買うとそのくらいするらしい。盗むより正式に買い取れないかと思ったんだ……だが、幸い首は取り返した。浮いた分を君に投資しよう」

「……投資？」

「別に返してくれなくて構わない。何かを始めるのには足りない金額かもしれないが、死ぬ以外の選択肢を探す分くらいにはなるだろう」

「ほ……本気で言ってるのか……？」

「ああ——奪われ続けてきたなら、時には与えられてもいいんじゃないか？　だからまずは傷を癒《い》やし、もう一度自分が生きる事だけを考えてみるんだ」

「でも、なんで……？」

櫻子さんは、まるでなんて事ないように言ったけれど、千葉さんが驚くのも無理はない。

　でもなんとなくわかる。

櫻子さんは、あまり他人に共感するタイプじゃないけれど——それでも、千葉さんは『もう一つの可能性』だ。

ばあやさんや薔子《しょうこ》さん、叔父《おじ》さんや在原《ありわら》さんといった、彼女を守ってくれる人達がいなかったとしたら、もし彼女が凡庸な人だったとしたら、千葉さんのような人生を送っていたかもしれない。

その『可能性』を、櫻子さんもわかっているんだ。

「罪を犯す人間は二種類に分かれる。自ら罪を犯したかった者と、犯すしかなかった者だ。後者の理由は様々だが——私は君を後者と思う。それに君は若い。まだいくらでもやり直せる」

「だからって」

「弟が生きていたら、君くらいの歳だ」

まだ何か言おうとした千葉さんを遮るように、櫻子さんが言った。

「…………」

それ以上の説明は、必要ないんだろう。千葉さんもぐっと言葉を飲み込んだ。

そんな千葉さんに、櫻子さんが「さあ」ともう一度手を伸ばす。

彼は、今度はそれを振り払いはしなかった。

勿論《もちろん》千葉さんは一人で動ける状態では無くて、僕と櫻子さんは彼に肩を貸すようにして、三人で必死に廃トンネルを歩いた。

一歩、一歩。

千葉さんも必死に歩こうとしていたけれど、意識が何度も薄れかけているのか、彼の身体は歩くごとに重くなっていく。

それでも僕たちは、なんとかトンネルを抜けだした。

時間の流れすら止まったような、澱《よど》んだトンネルの空気とは違い、外の空気は澄んでいる——と、最初の一呼吸目は思ったけれど、すぐに冬の冷気が鼻の奥に突き刺さった。

川から吹き上がる、無情な冷たい風が、肺を切り刻む。

まだ対岸は遠い。

千葉さんはここまで何とか意識を保っていたけれど、もう歩けなそうだ——でも、僕らが抱いたのは絶望では無く、『安堵《あんど》』だった。

「……少年？」

驚いたように、櫻子さんが僕を見た。

対岸の駐車場に、救急車が迫ってきていたからだ。

「良かった……」

はあ……と僕は息を吐き、怪訝《けげん》そうな櫻子さんに微笑んだ。

「磯崎《いそざき》先生です」

「どういう事だ？」

「さっき一瞬だけ、通話をスピーカーで繋《つな》いだんです」

そうだ。好美さんたちにバレないように、明かり代わりと見せかけて。

そして磯崎先生は、ちゃんと僕の意図を汲《く》んでくれたのだ。

——お願いだから、少しの間黙って僕の話を聞いて下さい

――怪我をして血を流してる人が二人もいて、しかもこんな場所……冬の神居古潭トンネルで、更にお互いを傷つけあおうとしてる……間違ってますよ。今の僕らに必要なのは、人形の首じゃなくて、救急車とパトカーです

先生は異変を察知してくれたのだろう。

だから僕の言うとおり、黙って話を聞いて、そして神居古潭のトンネルに、救急車を呼んでくれたのだ。

よくやった、と珍しく櫻子さんが僕を労《ねぎら》ってくれた。

同時に、ちゃんと僕を信じてくれた磯崎先生への感謝に、胸の奥の冷気が溶けるのを感じる。

「千葉。治療が済んだら、私の家を訪ねておいで。永山《ながやま》神社の前の道をまっすぐ進んだところにある、白く古い洋館だよ。すぐにわかるはずだ」

近づいてくるサイレンを、眩《まぶ》しそうに見つめながら、「待っているよ」と櫻子さんが言った。

「君の妹は死んだ。君は生きている。私もだ。私の弟は死に、私は生きている」

ぎゅっと、千葉さんが身体に力を込めるのを、肩越しに感じる。

「私達は生きているんだ――だから、これからも生きよう」

■弐

通報して貰《もら》ったのは僕だったし、あの時は救急車だけでは足りないと思ったけれど、救急車の到着から間を置かずにやってきたパトカーに、僕は随分後悔した。

救急車が到着した頃には、既に好美さんの姿は無く、彼女の車と、そして偽犯人のおじさんの姿も無かった。

あったのは彼の乗ってきたレンタカーだけだ。

しかも窓ガラスが割れていて、血痕《けっこん》も落ちている。

この状況を、警察に説明して、納得して貰うのには少し骨が折れた。

そのまま本当の事は勿論話せないので、

『レンタカーを借りて、心霊スポットと名高い神居古潭のトンネルに来たけれど、慣れない雪道で単独事故を起こしてしまったばかりか、トンネル内で崩れたコンクリートブロックに当たり、友人の一人が大怪我をしてしまった』

『パニックを起こした僕が担任の先生に連絡し、それを聞いて心配した先生が、パトカーと救急車を頼んでくれたが、友人の怪我のみで、何か大きなトラブルが起きているわけではない。好奇心でこんな事になってしまった事は、三人揃ってとても反省している』

そう僕と櫻子さんは、極めて低姿勢で、警察に許しを請うた。立ち入り禁止の場所に入って、騒いでいた事には変らないのである。

千葉さんの搬送後、僕らはそれはもう叱られてしまったけれど、好美さんの強引かつ無謀な殺人計画は無事隠蔽《いんぺい》できた。正直ほっとした。

とはいえ、警察はこの後どうするのか僕らを心配していた。

少なくとも、この車では走って帰れないだろう。

「慣れない運転は控えるし、レンタカー会社とは既に連絡を取ってある。それにもうそろそろ友人が迎えに来てくれる事になっているんだ。心配には及ばないよ」

だけど櫻子さんは警察に平然とそう言って、あくまで事件性については白を切り通した。

そんな事言ってしまって、大丈夫だろうか？　好美さんに電話を取られてしまった今、他の誰かに助けを求めることも出来ないのに……。

けれど丁度その時、一台の車が駐車場に近づいてきた。

「ああ、ほら来た。友人だ」

櫻子さんが、笑って車に手を振る。

そんな、たまたま来た知らない人なんじゃ——と、思った僕は、運転席に見知った人が乗っているのに気がついた。

「……え？　あ……」

確かに友人、といえば友人なのだろうか。櫻子さんとごく親しいという認識ではないけれど。

　とはいえ、その顔に安心した。

　でも、どうして？　どうして――山路《やまじ》さんがここに？

　そんな疑問を口には出せず、思わず櫻子さんを見ると、彼女は何も言うな、という風にちょっとだけ眉間《みけん》に皺《しわ》を寄せて見せた。

「……」

　そんな顔されたって、わかってるけど……まあ仕方ない。車の中で聞くしかない。

「遅かったじゃないか」

　そういいながら、櫻子さんが助手席に乗り込んだ。

　僕もその後に続く。

「むしろよく来たと言ってくださいよ。あんな昆虫ピン一本で」

　僕らがシートベルトを締めたのを、さりげなく横目で確認してから、山路さんが車を出した。

「昆虫ピン？」

「君なら問題ないと思ったんだ。現に来てくれたじゃないか」

　櫻子さんが不敵に笑う。話がよく見えない。

「……どういう事ですか？」

「盗聴器だ」

「え？」

「我が家に仕掛けられた盗聴器を利用して、山路は今、私の家を盗聴しているんだ」

「……は？」

「そうすれば、洩《も》れている情報がはっきりするだろう？　今日、好美から連絡が来た時、盗聴している彼にもわかるように、旭山の人形の回収に向かう旨復唱しておいたんだよ。そしてその後の行き先もわかるように、園の壁に貼ってあった地図に私の昆虫ピンを残しておいたんだ」

　ああ成程、そういう事か……。

　とはいえ、知人に自ら盗聴を依頼するって、なかなかエキセントリックというか、櫻子さんらしい。

「あ……でもまさか、山路さんはその為に警察を⁉」

「いいえ。さすがに理由は別にあります」

　山路さんが苦笑いで否定した。それはそうか。でもその理由は説明する気が無いようで、そのまま車内の会話が途切れてしまった。

「……それで、どうしますか？　何処に行けばいいんです？」

　やがて山路さんが、仕切り直すように櫻子さんに問うた。車は市内に向かっているようだった。

「まずは旭山に向かってくれ。人形の首を返さなければならない」

「でも、櫻子さん――」

「わかっている。ついでに好美の家に寄ろう」

どうせ方向は一緒だと、彼女は言った。

「ちゃんと病院に行ってくれているといいですね……偽犯人の事も心配ですし……」

不思議な感情だ。

好美さんも千葉さんも、あの偽犯人も、言ってしまえば犯罪者だ。

善人とは言いがたいし、擁護するべきじゃないのかもしれないけれど、少なくとも好美さんと千葉さんは、作戦が少し稚拙すぎるというか、計画性が足りないというか。

狡猾《こうかつ》な人達に騙《だま》されて、利用されているような、そんなもの悲しさがある。

浅はかなのが悪いのだと、そう言い切ってしまうのは容易《たやす》いけれど、怒りや憎しみ、悲しみは人から冷静さを奪う。

それに、やっぱりどこか罪悪感があるのだ、僕には。

杏《あん》さんの事件を追った結果、彼女の伴侶《はんりょ》は死を選んだ。彼女の手に入れた平穏を、僕と櫻子さんが奪ってしまったんだ。

やがて雪が降り始めた旭川《あさひかわ》の街を、いつもと違う、知らない匂いのする車の中からぼんやり眺めながら、僕は二人の事を思った。

亡霊達――標本達は、二人や僕らに、罪を犯させて自滅させたいのだろうか。

だとしたら、思い通りにはなりたくないし、二人の事も救いたい。

「二人とも、本当に悪人では無いと思うんです。ただ——道を間違えたって言うか、二人の生きる環境が、選択の幅を狭めてしまったって言うか……」

少なくとも千葉さんは、自らの生を諦《あきら》めかけてしまうほどに、妹さんの死で沢山のものを失ったのだ。

「……でも、それでも犯罪は犯罪だと思いますよ」

不意に山路さんが、運転席で小さく呟《つぶや》いた。

「『そうするしかなかった』という理由で、罪を犯す人は沢山います。どんなに可哀相でも罪は罪です。加害者にも被害者にも、家族と人生がある」

「………」

それはそうだ。あの殺されかけた偽犯人にだって、家族がいる。

「確かに状況によって情状酌量されることはあるとしても、理由さえあれば被害そのものも0になるわけではないんです。加害者がどんなに不幸であっても、被害者にとっては被害の重さ、損害は変らない」

山路さんが苦々しい表情で絞り出した。

僕だって勿論《もちろん》それはわかっているけれど……。

途中、血まみれのシャツを着替えてから、車は旭山動物園にたどり着いた。

でももう閉園していた。

山路さんに電話を借りて、沢《さわ》さんを呼び出した。

彼は櫻子さんが取り返した——まぁ、盗んだのも彼女だけれど——首を見て驚きつつも、多くは聞かずにそれを受け取ってくれた。

櫻子さんが『人形を欲して盗む』なんてことは、彼女の性格上考えられないとわかってはいるんだろう。

何か理由があったのだろうし、こうして無事戻って来たのだからと、沢さんは険しい表情ながらも不問にしてくれたのだった。

でも本当は、僕が盗むように言われた物だ。櫻子さんにも、沢さん、そして動物園にも迷惑をかけてしまった事を、心の中で強くお詫《わ》びしながら、駐車場に戻った。

櫻子さんは自分の車を、旭山動物園の駐車場に置いていたらしい。

山路さんにお礼を言って別れた後、僕と彼女は櫻子さんの車に戻った。

エンジンがかかると、ディアベル閣下のシャウトがキーンと耳に響く。

櫻子さんは相変わらず、表面上はしれっとしていたけれど、内心多少の不安はあったのかもしれない。

シートベルトをカチッと締めてから、ふ、と微《かす》かに安堵《あんど》の息を洩らしていた。

櫻子さんでも、やっぱり沢さんに迷惑をかけるのは本意ではないのだ。

僕は僕で、やっと櫻子さんの車に乗ってほっとした。

かぎ慣れた車内の匂いと聞き慣れた音楽。

この車の中が、僕の圧倒的な安全地帯に感じるようになったのは、いったいいつからだろう……。

今の時間が知りたいと思って、電話が好美さんに取られたままである事に気がつく。

悪用されることはないだろうし、住所録や画像なんかは、全てクラウドでも保存されているし、傷は浅いといえなくもないけれど、新しいスマホを買って欲しいと、母に言うのも申し訳ない。

それに、スマホが無いんだって改めて意識すると、妙に落ち着かないというか、心許《こころもと》ない気持ちになってしまった。

「好美さん、自宅にいますかね……」

そう聞きながら、ちょっと身体を乗り出して、カーナビの時計を見る。なんだかんだで、気づけばもう、夕方五時を過ぎていた。

旭山から数分車を走らせると、ややあって好美さんの家が見えた。

けれど明かりはついていないし、うっすら降った雪の上に、人が歩いた痕《あと》もない。

ひっそりと……なんとなく、何日もここには戻っていないような、住む人のいない家のような、そういう気配というか、空気のようなものを感じる。

それでも僕と櫻子さんは車を降りて、ふんわりと被《かぶ》った雪を、じぶ、じぶ、と踏みしめながら、インターフォンをならした。

風が冷たい。コートの前をかき合わせても寒さを感じる。

「……不在だな」

「そうですね」

「病院に行っているのならばいいが……」

そもそも、今はもう、彼女はここに住んでいないのかもしれない。

まだ荷物なんかは片付けていないだろうけれど、少なくともここは旦那《だんな》さんが自ら死んでしまった場所で、自分も死のうとした場所だ。

まだ日も浅い。こんな悲しい所に、一人でいるのは辛《つら》いだろう。むしろ誰か、一人にならないですむような、友達なんかと一緒にいてくれたらいいと思った。

そうしたらもう、誰かを殺して何かを奪おうだなんて、そんなに思い詰めたりしないでいられるんじゃないだろうか……。

「……どうしますか？」

とはいえ、好美さんの行方はこれ以上は辿《たど》れなそうだ。彼女の事も心配だけれど、僕のスマホはどうなっているだろう……。

やっぱり、あのまま彼女を逃がすべきじゃなかったんじゃ？　と、一瞬口を突いて出そうになったのを、寸前で飲み込む。

でも、言わないでも僕の気持ちは筒抜けだったようで、櫻子さんは困ったように肩をすくめて見せた。

「仕方ないさ。千葉をあのままにはしておけなかったし、少なくとも好美も自分自身では大それた事のできる女ではないだろう」

「そうだといいんですが……」

「確かに『窮鼠《きゅうそ》猫を嚙《か》む』という諺《ことわざ》もあるが——」

ふむ、と櫻子さんは両腕を組んで、思案するように空を仰いだ。そうなのだ。確かに好美さんは、本来は攻撃的な人ではないとは思うけれど、思い詰めた人は何をするかわからない。

「僕のスマホが持ち去られているので、GPSで捜すっていう手もあるかとは思うんですけど……」

電源が入っていればいいけれど、切っていそうだな……と思った。少なくとも僕なら切っている。

それにどっちみち、家に帰ってパソコンを使わないとどうにもならない。

後は偽犯人の借りていたレンタカー会社に問い合わせるとか、そういった作業をして、二人の無事を確認し、その後のことを考えていくしかないだろう。

それでも一応今は亡き清美さんの住んでいたアパートに寄ってみたけれど、そこも電気はついていなかった。好美さんの車も駐《と》まっていなかったし、そもそも今は別の人が借りているはずだ。

なんだかんだと、時間は六時を大分過ぎている。

「ひとまず家に戻ろう。夕食は我が家でとるといい。梅《うめ》が喜ぶだろう」

こんな時間にいきなり行くのは、逆に迷惑じゃないだろうか？　と、いつも思う。とはいえ、いつそうなってもいいように、すぐ用意出来る副菜は用意してあるし、二人きりの、しかも食べさせがいのない櫻子さんとの夕食より、美味《おい》しく、喜んで食べてくれる人がひょっこり現れてくれる方が、モチベーションがあがるとばあやさんは言っていた。

ヘクターとも遊びたいし、お言葉に甘えさせてもらう事にして、僕も九条《くじょう》邸へと向かった。

晩御飯はなんだろう、楽しみだ。

お肉かな、魚かな。

この前作ってくれたほくほくのこぶりのジャガイモを、皮がカリッとするように揚げた後に煮ころがしたヤツ……こっくり甘くてすごく美味しかったし、また作って貰《もら》えないかなぁ……。

嫌なこと、不安なこと、胸がざわつくことは沢山あって、じっとしていられないような、言葉にならない焦燥感に駆り立てられているけれど、ばあやさんのご飯の事を考えると、不思議と気持ちが落ち着いた。

できること、やれることは限られている。

今はしっかりご飯を食べて、万全の態勢を整えよう——そんな風に、僕は車の中で考えていた。

思えば暢気《のんき》すぎた。

僕はこの日、僕の知らない別の場所で、誰が、何をしているのか、まったくわかっていなかったんだ。

自分一人、大変な一日になったと思っていた。

でもそうじゃなかったんだ——。

九条家は、なぜだか不思議といつもと違う気がした。

理由はわからない。

ただ何か——奇妙な違和感のような物が、じんわりと伝わってきていたのだ。

ヘクターが吠《ほ》えているのが聞こえる。

僕らの帰りを待ちわびていて、興奮しているんだろうか？

それにしても、随分激しく吠えているな……。

「ヘクター！　何を騒いでいる。家の中に人間の死体でも転がっているのか？」

やれやれと、櫻子さんは車から降りた。

ドアを開けると——ヘクターじゃなく、ばあやさんがリビングから飛び出してきた。

「……なんだ？　梅」

「お……お嬢様……」

本当に、奇妙な空気だった。

ばあやさんが櫻子さんを見るなり、玄関でがっくりと膝《ひざ》を突く。

「梅？」

そして、僕らは気がついた。

玄関に革ではない、黒いビジネスシューズが並んでいる。

僕は、その靴に見覚えがあった。正確には、そういう種類の靴にだ。

「……え？」

その時、ばあやさんが「おおう」と嗚咽《おえつ》を洩《も》らした。

「お嬢様……なんて……どうしてこんな事に……」

「梅？　いったい何を言っている？」

その時だ。

ほとんど同時に、リビングから見慣れない男性が三人出てきた。

しっかりとした身なりの、体格のいい、年齢もバラバラな男性が三人だ。

と、同時に、玄関のドアの向こう、外で人が動く気配がする——囲まれているのだと、僕はすぐに気がついた。

「さ……櫻子さん⁉」

「君たちは誰だ？」

櫻子さんが険しい顔で問う。それに応じるように、三人の真ん中の初老の男性が、一歩前に出た。

「九条櫻子さんですね」

「……如何《いか》にも。私がそうだが？」

「旭川中央警察署の後藤《ごとう》と申します。奥原修《おくはらおさむ》殺害事件についてお話をお聞かせください」

■参

混乱って言うのは、本当にある日突然、僕らに襲いかかってくる。

『非日常』は『日常』の上をするっと滑ってきて、ある日突然『当たり前』を壊すのだ。

警察は容赦なく櫻子さんを、警察署へ連れて行った。

殺人事件の重要参考人として、任意同行を求められたのに、櫻子さんは極めて冷静だった。

すぐさま在原さんと薔子さんに連絡するように僕らに申しつけた。弁護士さんもお願いするように、と。

彼女はむやみに抵抗もしなかった。

ただ玄関で泣き崩れるばあやさんに、「案ずるな、私は何もやっていない」ときっぱり言った。

「身に覚えのない話だ。すぐに解放される——少年。申し訳ないが、梅をよろしく頼む」

泣いているばあやさんと、家の奥で吠え続けるヘクター。非日常的な音の中、僕も恐怖で泣きそうになるのを、必死で堪《こら》えて頷《うなず》いた。

櫻子さんは本当に、いつも通りの表情に、口調だった。

何一つ焦った表情がないのは、彼女が無実である証拠だと思う。

いや、断言できる。

櫻子さんは人を殺したりなんてしない。絶対に。

櫻子さんが連行されてしまった後、ばあやさんは可哀相に、玄関で激しく泣き崩れてしまった。

「いつか……いつかこんな日が来てしまうんじゃないかって、そう思っていたんです」

小さな身体をさらに丸め、嗚咽と共に絞り出す。

「亡くなった大旦那《おおだんな》様や、大奥様になんてお詫《わ》びすれば良いでしょう」

「その謝罪は不要ですよ。櫻子さんは絶対に人を殺したりなんてしない。そんなの決まってます」

そう言って僕はばあやさんの小さな背を撫《な》でると、ばあやさんは僕にしがみつくようにして、またおいおいと泣き始めた。

本当に小さな身体だと思った。

こんなにも頼りなく、弱々しく、軽い。

普段はしっかりしすぎていて気がつかないけれど、ばあやさんが改めて高齢だという事を思い知った。

僕も泣きたくなった。

でも、それじゃあダメだ。

「とにかく、在原さんたちに連絡を取りましょう」

僕は今スマホがない。電話と住所録がないと、誰にも連絡できない。

ヘクターは可哀相に、普段は物置のようにされている大型のクレートに、閉じ込められていた。

お客さんが来た時や、病院に行く時にしか使われない、ヘクターにとってあんまり好きじゃない空間だ。そこに閉じ込められ、普段とは違う異様な空気を察し、彼は黒い口のまわりに、白い泡を溜《た》めながら、おうおうと鳴き続けている。

これじゃあ電話の邪魔になる。

ばあやさんが住所録を用意してくれている間に、ヘクターをクレートから出してやると、彼は一目散に玄関へと走った。

「ヘクター……」

白い背中を追いかけて、玄関に向かうと、彼は冷たい石畳の上で、行儀良く『マテ』の姿勢で座っていた。

「……暖かい所で待ちなよ。そこは寒いよ」

声をかけると、彼はひゅうん、ひゅうんと弱々しい声で鳴いた。あたかも自分が櫻子さんを守れなかったことを、悔しがっているように。

「大丈夫だよ」

白い毛皮の首元に腕を回し、抱きしめる。

どっどっどっと、僕よりも速い心臓の音に、僕は奮い立った。

こんな日に限って、在原さんには電話が繋《つな》がらず、薔子さんも電話に出てくれなかった。

でも留守電には入れたから、後で聞いて対応してくれるだろう。

他に……悩んだ末に、叔父《おじ》さんにも電話したけれど、時間が遅かったせいかこちらも繋がらなかった。

メールアドレスは暗記していないし、そもそもスマホがない。

櫻子さんのパソコンを借りようにも、ログインパスワードがわからないし。

スマホがないのって、こんなにも大変な事なのかと、我ながらその依存っぷりに驚き、情けない。

仕方ない、どこまで信用出来るかわからないけれど、青葉《あおば》さんに連絡した。

彼は驚いて、自分も手を尽くすと言ってくれた。

『あとはニュース等で耳に入る前に、お父上にも連絡した方が』

「え？」

お父上、と言われて、一瞬何のことかわからなかった。

「あ……ああそっか、櫻子さんのお父さんは、ご存命だったんでしたっけ」

普段あまりに存在を感じな過ぎて、てっきりお父さんも亡くなっているんだと思っていた。

『今は別に家庭を持っていて、ほぼ交流もない状況だとはいえ、さすがに今回のようなことともなると……』

それは確かにそうだ。

でも、まだどうなるかわからない。少なくとも櫻子さんが無実なのは確かなんだから。

だけど青葉さんは、これ以上は僕にあまり関わるなと言った。

亡霊達相手に自分はそこまで権限を持つわけではないし、彼らが暗躍しているかどうかはわからないにせよ、櫻子さんの事は周囲の大人に任せておけばいいと。

そして……櫻子さんが本当に、殺人を犯していないという保証はないと。

僕は九条家とは結局他人で、それに未成年——まだ子供だ。

九条家のことは、九条家とその周辺の大人達で解決すればいい。僕が代わりに奔走する必要はないし、そもそも大人達が責任を持つべきだと言う青葉さんに、真っ向から反論出来なかった。

差し出口をしている自覚がない訳じゃない。悲しいけれど、僕は九条家の人間じゃないんだ。

「…………」

結局、青葉さんと設楽《したら》先生の二人で、櫻子さんのお父さんへの対応はしてくれるという事になり、僕はもう家に帰るように言われてしまった。

留守電を聞いた在原さんと薔子さんも、きっと何かしてくれるだろう。

母も心配しているだろうし……確かに一度家に帰り、連絡を待った方が良いかもしれない。

でも、それが正しいと思うと同時に、後ろめたさのようなものを感じた。

しくしくと泣いているばあやさんを、一人で置いていく事は何よりも辛《つら》い。

とはいえ、僕と青葉さんの電話のやりとりを聞いて、状況を察したらしいばあやさんが、電話を終えた僕が話を切り出すより先に、「あとは梅一人で大丈夫です」と言った。

泣いて真っ赤になった目で、それでも不安を飲み込んで、気丈に振る舞おうとするばあやさんが可哀相で、辛い。

でもふと思った、僕が今冷静でいられるのは、結局『家族』じゃないからなんじゃないだろうか。

もしこれが、本当に……そうだ、僕が櫻子さんの実の弟だとしたら、もっと取り乱して――。

——いや、違う。きっと彼なら冷静に、ぼくよりきちんと対処しているだろう。

でも、実際そんな事はわからない。彼はもういない。

こんな『たら、れば』に意味は無いし、僕は僕の出来る最善を尽くすべきだ。

たとえ僕たちが他人でも。

血より濃い水はある——そう教えてくれたのは櫻子さんだ。

時間も遅いので、永山《ながやま》の祖父《じい》ちゃんに家まで送って欲しいと伝えると、祖父ちゃんは快諾してくれた。

「すぐに在原さんたちが来てくれるはずです。僕も一度帰りますが、何が起きているかすぐに調べます。今夜は不安でしょうが——ヘクターもいます。何時でもいいですから、何かあったらすぐに僕の自宅に電話してください」

ばあやさんにそう念を押した後、ヘクターにもばあやさんの側にいるように言いつけた。

ヘクターはどこまで理解しているのかわからないけれど、彼は「わかりました」というように、真っ黒い目で僕を見返した後、ばあやさんの所までとととと歩いて行った。

ばあやさんを一人にしたくないのは、ばあやさんが可哀相だっていうだけじゃなく、なんというか……ばあやさんが、なにか早まったようなことをしないかなって、そんな不安もあったからだ。

今日はやたらと色々な車に乗ると思いながら、迎えに来てくれた祖父ちゃんの車に乗り込んだ。

「そりゃ……本当にとんでもない事になったな」

祖父ちゃんが運転席で、驚きに目をまん丸くする。

でも絶対に冤罪《えんざい》だってそう言うと、祖父ちゃんはちょっと考えるように黙った後、でも「うん、そうだな」と言った。

「変なお嬢さんだとは思うけど、底意地の悪いような、そういうタイプじゃない。もっとまっすぐ直球タイプだ。それに――名士だった九条の大旦那《おおだんな》さんは、そりゃもう気《き》っ風《ぷ》のいい人でな。同時に変わり者でもあった」

「そうなんだ？」

「人を疑わないっていうのが、信条だったんじゃないかな。自分の土地を手放してまで、信用した相手に尽くしたもんだから、随分騙《だま》された事もあったはずだが――それでも、自分が疑うよりはいいってね。だから誰からも慕われて、信用された人だったよ」

利用するために近づいてきた人もいただろうが――と、祖父ちゃんは言った。

「とにかく信念のある人だったんだ。まわりに何を言われても、これと決めたら貫く人だった。あのお嬢さんには、不思議とそういう大旦那さんの気質みたいなもんを感じるね。まわりは苦労するだろうが」

がはは、と祖父ちゃんが豪快に笑った。それを聞いて、胸がきゅっとなった。

「……永山の祖父ちゃんちに行く途中に、櫻子さんに出会ったんだ。あの頃、僕はおばあちゃんが亡くなって、兄さんも家を出てしまって、なんだか急に寂しくて、これからのこととか、なんにも見つからなくて、ただ毎日まいにちが窮屈で、時間が止まってるみたいだった」

いいや、違う。あの時、確かに僕の時間は死んでいたんだ。

「でも、櫻子さんに出会って、時間は止まらないんだって知った。そしてこの『止まらない時間』は有限で、人はいつ何時、死んでしまうかわからないってことも。だから生きなきゃいけないし、守らなきゃいけない」

こんなに当たり前みたいな事を、あの頃の僕は気がついていなかった。

当たり前だけど、誰もが見失って、忘れてしまう事だと思う。

でも櫻子さんは、それを忘れない人だ。

生の先に死がある。死の先にも、また生がある。

生命を礼賛しているからこそ、彼女は骨を愛する。それが命だから。

櫻子さんは誰かを殺したりしないと、何度も自分で確かめるように口にしてしまうのは、僕自身にやっぱり迷いがあって、不安があるからだ。

彼女を信じられていなかったんだ、心から。

「今、僕は間違いなく『生きて』る。だから、今度は僕が櫻子さんを救う」

思えば今まで彼女は、何人もの命を救ってきている。

今度は僕たちが彼女を信じ、守る番だ。

家に着き、車から降りようとすると、祖父ちゃんがぎゅっと僕の頭を大きな手で摑《つか》んだ。

「他のじいさん達にも声をかけておくから、何かあったら言うといい」

「うん。ありがとう」

「無理はするな。無茶をする事だけがやり方じゃないぞ。柔道だって同じだ。頭からぶつかり合ってるだけじゃ勝てないぞ」

「わかってる」

「よし、ガッツだ正太郎」

「……うん」

わしわしと頭を撫《な》でられ、僕は力強く頷《うなず》きを返した。

僕が信じる人を信じてくれるという祖父ちゃんに感謝し、そして勇気づけられる。

祖父ちゃんは、僕が誰かを信じる強さを持てるよう、育ててくれた一人だ。

家に帰ると、てっきりクリスマスでご馳走《ちそう》を食べてきてるんだと思った母さんが、何も食べてないという僕に驚いていた。

でも正直、空腹は感じていなかった。緊張感と焦燥感が胸の中でぎゅうぎゅうに暴れているから。

何か用意してくれるという母さんに、必要ないと告げ、コードレス電話機を手に部屋に引きこもる。

幸い住所録は、クラウドに保存してある。

パソコンさえあれば、電話をする事は可能だ――まず一番に、磯崎先生に電話した。

でも登録されていないであろう、僕の自宅からの番号であるせいか、それとも取り込み中なのか、磯崎先生は電話には出てくれなかった。

でもいい、ひとまず留守電に救急車のお礼と、櫻子さんが警察に連れて行かれてしまった旨を吹き込んだ。

短く簡潔に、用件だけ伝えたつもりだったし、磯崎先生が電話に出てくれたわけでもなかったけれど、それでも磯崎先生に電話してるんだって思ったら、じわっと涙がこみ上げてきた。

あんないい加減そうな人なのに、本当に困った時は、いつだってちゃんと助けてくれるような、そんな安心感があるのは何でだろう。

でも今日は繋《つな》がらなかった。

仕方ないし、僕の『本命』は別だ。

貰《もら》った名刺を引っ張り出して、震える手で番号を押した。

「出て……お願いだから……」

今日は何度も、この呼び出し音を無情に聞き続けた。

どうか今度こそ。ああ、どうか――。

『……はい』

また出てくれないのか？　と、絶望的な気持ちになりかけた刹那《せつな》、少し怪訝《けげん》そうな、尻上《しりあ》がりのイントネーションで、応答があった。

「あ！　八《や》鍬《くわ》さん！　僕です！　正太郎です！」

『館脇《たてわき》君!?　良かった、何度か電話したんですが』

「あ……ええと、実は……スマホを壊してしまって」

犯人に電話を取り上げられた、なんて言えなくて、僕はそう口ごもった。

「そ、それより、僕に電話って!?」

『そうでしたか……実は旭川支部の方から連絡があって』

「それ……櫻子さんの事ですよね」

『はい』

「さっき、警察に連れて行かれてしまいました……」

『そうですか……』

背筋がぞっとした、ショックで吐き気がこみ上げてきて、僕は軽く咳払《せきばら》いをした。

「いったい何が起きているんですか……？」

そもそも、誰を殺した容疑で連れて行かれたのか、僕はわからなかった。

櫻子さんと僕は、あまりにも沢山の死体に関わってきた。

『……一つお聞きしたいんですが、彼女は本当に無実なんですね？』

「当たり前です。櫻子さんが人を殺すなんてあり得ない」

『…………』

きっぱりと答えると、八鍬さんが少し黙った。

でも、彼も好美さんの家で、櫻子さんがどれだけ必死に命を救おうとしていたか知っている筈《はず》だ。

『……私のわかることはまだ暫定的ですが。今回は情報を提供してもいい。かわりに君の知っている事を教えてください。対価がないと話せません』

「それは……勿論《もちろん》、僕の知っていて、話せることだったら」

一瞬躊躇《ためら》ってしまったのは、花房《はなぶさ》のことが僕の頭を過《よぎ》ったからだ。

八鍬さんを、更にトラブルに巻き込むのは嫌だけれど、でも彼ならいずれ自分で花房の存在に行き着くような、そんな気もする。

『数時間前、神居古潭に停車中の事故車両のトランクから、男性の遺体が発見されました』

「え？」

『所持していた免許証から、被害者は奥原修、五十八歳、男性。死因は首を絞められたことによる窒息死。頭部に殴られた痕《あと》がありましたが、現場近くに落ちていた金属バットと傷が一致。車内やバットに残されていた指紋が九条さんと一致しました』

「それは――」

じゃあつまり、被害者はあの偽犯人――惣太《そうた》郎《ろう》君と夕月ちゃんを殺した犯人に仕立て上げられそうになった、彼だって事か……。

『九条さんは、過去何度も事件に首を突っ込んできています。その為、警察のデータベースに指紋が登録されていたようです』

「でも！　金属バットは、櫻子さんが使ったわけじゃ――あ……」

言いかけて思い出した。確かに櫻子さんはあのバットに素手で触れている。好美さんがそれを使わないように取り上げただけだったけど、あの時櫻子さんは手袋をしていなかった。

「でも……だから、ですか」

『そして現場近くで心霊スポット巡りをしていたという男性が、トンネル内で怪我をしたと言うことで、搬送されています。その時現場にいた女性が、九条さんの風貌《ふうぼう》と一致する――君もその場にいたんですか？』

「……はい」

なんていうことだろう……そんな……全てが不利な方向に動いている。

それに僕が呼んで貰った警察も、櫻子さんにとっては裏目に出てしまったなんて。

『何があったのか、全て話してください、館脇君』

「………」

全て、っていうのは、簡単なことじゃないと思った。

何を、どこまで、どこから話せばいいのか、僕自身何がスタート地点なのかもわからない。

「全ては、無理です……少なくとも今は」

『どういう事ですか？』

「……信じて貰えないかもしれないし、貴方《あなた》を危険に晒《さら》す事になるかもしれないし、それに貴方が本当に味方なのかもわからない。今は言えません。それに早く櫻子さんの冤《えん》罪《ざい》を晴らさないと……だけど、櫻子さんを取り戻したら、八鍬さんには全部聞いて欲しいです」

『………』

受話器越し、八鍬さんが短く息を吐いた。苛立《いらだ》ちのようなものを感じた。

「とはいえ、幸い櫻子さんは婚約者が警察の人だったり、警察に顔の利く叔父《おじ》さんの存在がありますから。きっとまわりが上手《うま》く取り計らって――」

『おそらくですが、九条さんの今の状況は、とても楽観視はできないと思います』

すぐに保釈されるとは思う――そう言おうとした僕に、八鍬さんが無情に告げる。

「……え？」

『さすがに彼女は様々な事件に介入しすぎています。なによりあの性格。なかなか理解もされないでしょう。警察の怒りを買うのが目に見えています。それに――』

「それに？」

『遺体の発見者です』

「ご遺体の？」

『現職の警察官――しかも九条さんと面識があり、殺害したのは彼女らしいと、そう証言しています』

「櫻子さんの⁉ 面識って、誰ですか！ ひどいですよ！ そんな嘘の証言をするなんて！」

咄嗟《とっさ》に思い浮かんだのは、何度か顔を合わせている、タヌキみたいな警官だ。

でも他にも警察相手に揉《も》めたことは何度もある。八鍬さんの言うとおり、櫻子さんは良くも悪くも『あの性格』なのだ。

僕らのわからない所で、櫻子さんを恨んでいる人がいる可能性は、申し訳ないけれど否めない。

でも、そんな僕の予想は全部ハズレだった。

その名前を聞いて、思わず受話器を落としてしまいそうになった。

「え……？ じょ、冗談ですよね？ もう一度……ちゃんと教えてください」

『冗談を言っても仕方ないでしょう。でもやっぱり九条さんの知り合いで間違いないんですね？　通報者は――内海《うつみ》洋貴《ひろき》さんです』

■肆

本当に何が起きて、どうなっているのかが全くわからない。

スマホが無いせいで、余計に情報伝達が悪くなっているだけじゃない、まるで誰かに邪魔をされているように連絡がつかない。

でも思った。

まるで茶番のような、穴だらけの計画で行われた、千葉さんの復讐《ふくしゅう》劇と、人形の首を手に入れるという、好美さんの野望。

僕はそれに振り回されただけの筈だった。

まったくぐだぐだで、櫻子さんが呆《あき》れるようなシナリオだった筈なのに――本当は、本命は、櫻子さんを警察に逮捕させる為だったんだろうか？

誰が？

なんで？　どうして？

何度も自問自答したけれど、答えは出なかった。

九条家に電話すると、話し中だった。

誰かと連絡を取っているんだろう。事件について、僕が話せる事もまだ少ない。

八鍬さんはこのまま続けて調べてくれるそうだ。

話せそうなことはみんな話した。知り合いと神居古潭に行き、『トラブル』に巻き込まれた事も。つじつまの合わない部分に、八鍬さんはとても不満そうだった。

でも話せなかった。

無情に時間だけが流れた。

こんな時間に誰かに電話するのも……と思って、とにかく夜明けを待った。

寝る前、心配した母さんが、大きなおにぎりをみっつも作ってくれた。

塩辛い糠《ぬか》ニシンのと、ソースでひたひたになったトンカツを、韓国海苔《のり》で巻いたおにぎり、そしてごくごくシンプルな鮭にぎり。

母さんのおにぎりは、いつも大きすぎて、食べている途中に、モロモロと崩れてくる。

でもそれを、零《こぼ》さないようにはふはふと食べるのが、僕は大好きだ。

なのに、頑張っても今夜は一つしか喉《のど》を通らなかった。

とにかく長い夜だった。

コードレス電話機を握ったまま、寝間着にも着替えずに、ベッドの上で一夜を明かした。

常に頭の芯《しん》が起きたまんまのような、それでいて夢を見ているような、辛《つら》い夜だった。

それでも気がついたら朝で、冷たくなったおにぎりを、お茶と一緒に流し込んだ。

幸いラップのお陰で、ご飯は乾いていなかったけれど、まだ熱いうちにラップをかけたせいか、逆に結露で、海苔がべとべと、びちゃびちゃになっていた。

でも、パリパリの海苔は最近好きじゃなかったので、これでも美味《おい》しい。

昔はコンビニの、あのパリッとした海苔に包まれたおにぎりが大好きだったけど、今は違う。

つかの間理由を考えながら、ご飯をぐい、と飲み込んで——気がついた。

ああ、そうか。

清美さんのご遺体を見てからだ。

食べたばかりの、パリパリ海苔のツナおにぎりを、ご遺体を見たショックで戻してしまったせいだ。あの時の嫌な感覚が喉の奥に残っているみたいで、あれ以来、パリパリした海苔を、無意識に避けてきていたんだ。

今ならもう、あの清美さんの綺麗《きれい》だったご遺体に臆《おく》する事などないのに。

「…………」

ずん、と寝不足のせいか、後頭部に鈍い痛みを覚える。

ぼーっとしそうで、眠気覚ましにシャワーを浴びた。

熱いお湯で、爪先《つまさき》がじんじん痺《しび》れるような感覚に、改めて自分の身体が冷え切っていた事に気がついた。

結局夜通し考えたけれど、僕に出来る事は何もない。

亡霊達はこんな僕をどこかであざ笑っているんだろうか？　全部誰かの思うつぼなんだろうか？　本当に、僕には何も出来ないんだろうか？

悔しさが胸を突いた。

鏡に映る、なんにも出来ない自分の姿が惨めでたまらない。

僕が櫻子さんを守るんだって決めた筈《はず》なのに。

そうだ、どんなことをしても——。

「あら正太郎？　出かけるの？」

「うん」

「早いわね、休みの日なのに」

「すぐ帰るよ。心配しないで。ちょっとセコマに行くだけだから」

「そう？」

「……うん」

着替えを済ませ、玄関に向かう僕に、母さんが話しかけてきた。

怪訝《けげん》そうだ。

多分もう少ししたら、祖父ちゃん達から話を聞いて、母さんは僕の外出を許さなくなるかもしれない。

その前に、家を出る必要がある。

母さんには、嘘をついてしまった。

もしかしたら、いや、おそらくすぐには帰って来られないだろう。

僕に出来る事は多くない。

でも、僕にしか出来ない事もある。

セコマを過ぎ、ややあって交番が見えてきた。

前にいいちゃんを連れて歩いた道だ。

内海さんはどんな顔をするだろう。僕が現れたら。

そして——真犯人は櫻子さんではなく、『僕』だとそう告げたら。

でも、調べればわかることだ。

僕があの現場にいた事は、磯崎先生が呼んでくれた警察が証明してくれるだろう。

あの時現場にいて、好美さんたちの動向を見ていた僕は、誰よりも正確に当時の状況を話すことが出来る——つまり、罪を被《かぶ》ることもできるのだ。

僕は未成年だし余罪もない。いいちゃんを助けた時に貰《もら》った感謝状もある。あれは刑を減軽してくれると、前に内海さんが言っていた。

僕が逮捕されて、櫻子さんが保釈されれば、本当の犯人を見つけてくれる筈だ。

好美さんが関わっているのかもしれないし、違うかもしれない。でもすくなくとも、

彼女は何か知っているだろう。

櫻子さんは、絶対に僕を裏切ったりしない。絶対に助けてくれる。

これが、櫻子さんを信じる僕に、唯一可能な反撃方法だ。

勇気を振り絞って、僕は交番へ向かって、一歩を強く踏み出し――。

「館脇！」

「え？」

「バカ！　帰るわよ」

急に後ろから腕を摑《つか》まれた。

振り返ると、レースのついた、黒いポンチョコートを着た阿世知《あぜち》だった。

黒い唇が、怒っているようにきつく結ばれている。

「いや……ダメだ、僕が行かなきゃ」

「そんな事したって、まわりが余計辛い思いをするだけだって、なんでわかんないのよ！」

「でも僕は！」

「いいから！」

振り払った手を、彼女はそれでも強引に摑んできた。

青く塗った爪が、僕の腕に食い込むくらいに強く握られる。

「阿世知……」

「せめて、昨日何があったか話してからにしてよ」

「昨日？」

「私とモジャ海《み》は昨日、ずっと館脇と九条さんを追っかけてたんだから！」

「え？　どういう事!?」

阿世知が、内海さんと一緒に？　じゃ、じゃあ——。

「櫻子さんが捕まるよう仕向けたのは、阿世知だってこと!?」

「……そうじゃない。でも……」

そう彼女は一瞬言い淀《よど》んだ。

「でもって、どういう意味なんだよ」

「とにかく話してからにして！　警察は逃げないでしょ」

「う……うん……」

不本意ではあるものの、確かに警察は逃げない——少なくとも、短時間で状況は変らないだろうとも思う。

ここは阿世知に従うことにした。少なくとも、それ以外は許さないという、彼女の本気の気迫が感じられたから。

もし阿世知と内海さんが、櫻子さんに何かしたんだったなら、絶対に許せないけれど、だとしたらその理由を知りたいとも思う。

少し歩いて、ツインハープ橋そばのマックに行った。

長い橋に吹き付ける風は冷たく、何度か引き返したいとも思ったけれど、いつもなら一番「寒い」だのなんだのと騒ぎそうな阿世知が、きつく唇を横に結んだまま、何も言わないで歩いていたので、従うしかなかった。

食欲はなかったけれど、何も頼まないわけにはいかないので、チキンフィレオのセットを一つ頼んだ。阿世知はパイを一つ。他のお客から少し離れた席に腰を落ち着ける。

「電話かけても、ずっと電源切れてたから」

座るなり、阿世知が恨みがましい表情で言った。

「スマホ……今、手元にないんだ。失《な》くしちゃって」

「えええ？　こんなタイミングで⁉」

「うん……」

好きで『このタイミング』で『手元にない』訳じゃないけれど。

「それより、なんで櫻子さんを警察に突き出すような嘘をついたんだよ」

「嘘……？　違う！　私達は間違ったことをしていない！」

「……なんだよそれ」

「九条さんの弟の事を調べた。彼女が犯人を憎んで、復讐《ふくしゅう》したがってるだろうって事もわかってる」

「わかってない！　櫻子さんはもう復讐なんて考えていない」

「聖人だっていうの？ 館脇は、九条さんを美化しすぎなんだよ」

「そういう訳じゃない。でも……彼女が一番わかってる。そんな事をしたって、惣太郎君は帰ってこないんだ！」

思わず声が大きくなってしまって、阿世知がきゅっと眉《まゆ》を顰《ひそ》めた。

「…………」

慌てて平静さを取り戻す為に、ウーロン茶をひとすすりする。

「惣太郎君の事は、当時の状況とか、色々聞いた……九条さんが犯人を殺したとしても、私は驚かない」

「阿世知は櫻子さんの事を、全然理解していないからそんな事が言えるんだ――内海さんだって！ 信じてたのに！」

そうだ、信じなかったのは二人だ――内海さんは、絶対に櫻子さんを信じていると思ったのに。

「内海さんを責めないでよ！ 正太郎みたいに、みんな彼女を崇拝なんて出来ないんだよ！ あの人は普通じゃない。正太郎が言うように、情に流されたりしないのかもしれないけれど、同時に一歩ラインを越えたなら、人を殺すことだって出来る人でしょ⁉」

「別に崇拝してるわけじゃない！」

「だったら何⁉ 好きだから？ それに、本当は正太郎だって信用出来てないから、いつも九条さんと一緒にいるんでしょ⁉」

「………」

違う、とはっきり言えなかったのは、それが図星だったからだ。

いや、今は違う。

千葉さんを冷静に諭した櫻子さんを見たから。少なくとも彼女はもう少し冷静なんだって、今は信じられる――筈《はず》だ。

でも今まではどうだっただろう？　僕はずっと、怖かったはずだ。

彼女がいつか一線を越えてしまうんじゃないかって、そういう不安は、常に持っていた筈だ。

阿世知の言うとおり、ずっと櫻子さんを信じていなかったのは、僕自身だった。

思わず黙ってしまった僕を見て、阿世知は少し泣きそうな顔をした。

そしてぷい、と顔を背けて、外を見た。

今朝は確か灰色の空だった。日差しの弱い冬の空。でもいつの間にか日が差してきて、丸裸になった街路樹の影を、キラキラと固い雪の上に映している。

こんな日に、こんな胸が苦しい話を、なんで僕らはしているんだろう。

「……天気好《よ》くなってきたね」

「え？　ああ、うん」

そんな僕と同じ事を思っていたのかわからないけれど、しばらくの沈黙の後に、阿世知がぽつんと言った。

「今日、結構暖かくなるって、朝アレクサが言ってた。小春日和って、今日みたいな事を言うんだよね」

そこまで言うと、阿世知は仕切り直しをするように、ふう、と息を吐いた。

「……私達は昨日一日、館脇と九条さんの事を追いかけていたの。モジャと、もう一人、山路さんと」

「……え？」

「誰と？」

「山路さんよ。元警察の……もしかして知らない、とか言わないよね？」

「いや、知ってるけど……でも、なんで？」

知らない筈はない。昨日だって会った。櫻子さんが逮捕される前に。

ざわっと、背筋が寒くなった。

昨日、僕と櫻子さんを迎えに来てくれた山路さんは、少なくとも阿世知達の事なんて、一言も話していなかった。

「山路さんはね、ずっと心配していた。九条さんが一線を越えて、館脇がその協力をすることを」

「……それで？」

「だから二人を捜して、最終的に旭山に行ったの。そうしたら、壁の地図に九条さんの昆虫ピンを見つけて、神居古潭に向かった」

櫻子さんが、山路さんに残したメッセージだったという昆虫ピン。

確かにそのことは昨日二人も話していたけど、なんだか……何故だろう、何か違和感のようなものを感じる。

「阿世知、もう少し詳しく、ちゃんと聞かせて欲しい」

「わかってる。だからここに来たんでしょ」

そこまで言うと、僕のトレイのフライドポテトを勝手に一本摘《つ》まんで、阿世知が強く頷《うなず》いた。

■伍

いっても私は道産子《どさんこ》なので、そう簡単に冬の寒さに屈しはしない——はずだけれど、やっぱり旭川は寒い。

日中はそうでもないって思う事はあるけれど、お日様が傾きだすと、途端に牙《きば》を剝《む》く。

「さァむっ」

こんな時間に吹きっさらしの、それも川沿いで、川からの冷たい空気が容赦なく吹き付けてくるような神居古潭。

有名な心霊スポットに、どうして来なきゃいけないんだろうと、私は溜息《ためいき》を洩《も》らした。

しかも、私達が来たのを見て、慌てて車を出したカップルは、どうせこの人気のない駐車場で、イカガワシイコトでもしようとしていたんだろう。

正太郎とも相変わらず連絡がつかないし、そろそろこんな訳のわからない事に巻き込まれて、私は不機嫌になりかけていた。

「血だ……まだ新しい」

でも車から降りた山路さんが、そう深刻そうな声で言ったので、さすがに私も真剣さを取り戻さない訳にはいかなかった。

「レンタカーだ」

駐《と》まっている車は、フロントガラスがバリバリに砕け散っていた。それを見て内海さんが呟《つぶや》く。

「なんでわかるの？」

「ナンバーでね。『れ』ナンバーだから」

「れ。ほんとだ」

見るとナンバープレートに書かれたひらがなが、『れ』だった。

「れ、はレンタカーのれ？」

「いや、全国的に『わ』で、北海道と沖縄は『れ』もレンタカー用ナンバーなんだ」

へー、そうなんだ……なんていいながら、私は内海さんとぐるっと車のまわりを一周した。

「………」

でも不意に内海さんが、車のお尻《しり》の方で足を止めた。

「モジャ？」

まるで九条さんみたいに、手袋をしっかりとはめ直した内海さんが、慎重に車のバックドアに手をかける。

そのまま内海さんがドアをばくん、と開けた。

後ろはトランクになっているはずで――。

「う……！」

どすん。

「ひっ」

思わず短い悲鳴が唇から洩れてしまった。

最初はマネキンかな、なんて思った。

でも違った。ソレはもっと柔らかく、重く、雪の中に転がり落ちてきた。

「山路さん！」

内海さんが叫んだ。

橋の方を見に行っていた山路さんが、慌てて戻ってくる。

「急いで救急車を！」

そう言いながら、内海さんはソレを調べ、心臓マッサージを始めた。

でも……悪いけれど、ソレは、もうぞっとするほど青白くて、口も、目も苦しそうに開きっぱなしで、『意識を失っている』なんて前向きには思えないっていうか。

「……もう遅いようです。脈がないし、体温もありません」

同じように脈を取った山路さんが、首を横に振る。

「やっぱり……死んでるってこと？　ほんとうに？」

そんなの一目見ればわかる。わかることなのに、私もバカみたいに聞いてしまった。

でも、だって、こんなの信じたくない。目の前に死んだ人が倒れてるなんて。

しかも車のトランクから転がり落ちてきたなんて。

「……だれ？　どうして？」

全く知らない中年男性。お爺《じぃ》ちゃんって言ってもいいかもしれない。六十歳とかそのくらいの。開かれた口から見える黄ばんだ歯はボロボロで、白髪ばかりの頭髪の隙間から、随分頭皮が剝き出しになってるから、余計に歳を取ったように見えるだけかもしれないけれど。

あまり清潔感のない服装で、饐《す》えた汗とアンモニアみたいな匂いがして、私は口元をコートの袖《そで》で覆って、死体から少し距離を取った。

この人が誰なのかは二人もわからないみたいで、私の質問にはどっちも答えてくれない。

少なくとも、九条さんの関係の人には思えないような、そんな身なりをしている。

「ねえ！　聞いてるじゃない！　ねえったら！」

でも沈黙に耐えきれなくて、私は声を荒らげた。

それでも二人は、答えに困ったように俯《うつむ》いて、目をそらした。答えたくないみたいな仕草だった。

だけど……私だってわかってる。

思いつく事はひとつだけある。

「……じゃあもしかして……この人が、九条さんの弟を？　あのおばあさんの孫を殺した犯人ってこと……？」

このまま黙って寒空の中に突っ立っている訳にもいかなくて、私は覚悟を決めるように、深呼吸をひとつした後、そう絞り出した。

山路さんも仕方ないというように、息を吐き出す。

「……考えたくはありませんが、彼女が館脇君と向かったと思《おぼ》しき場所にある、破損したレンタカーのトランクに遺体がある……というのは、事件以外のなんだと言うんでしょうか」

そりゃそうだ。どういう計画だったかはわからないにせよ、ちゃんと自分の車を持ってる九条さんが、わざわざレンタカーを借りているのは、何か考えがあっての事のように感じる。

でも。

「……そっか、じゃあ復讐《ふくしゅう》、できたんだ」

命は取り戻せないとしても、大切な弟を、家族を奪った人に、罰を与えられたんだ。

同じ苦しみを。

――良かったね。

だけど、その言葉を口にするのは、怖くて出来なかった。

ぱらぱらと雪が降ってきた。

フワフワした綿毛みたいな雪じゃなくて、粒のまるい、ビーズみたいな雪が。

私達は三人とも、遺体を前にしばらく立ち尽くしていた。

やがて、最初に動いたのは、山路さんだった。

「正ちゃんの電話が、やっぱりまだ繋《つな》がらない……」

「通報、しましょうか」

そうだ、勿論《もちろん》そうするしかない。でも――。

「……でも、そしたら、九条さんが」

九条さんが、警察に逮捕されてしまう。

人を殺したんだったら、罪は償わなくちゃいけない。でも、弟を殺した犯人を、捕まえてくれなかった警察が、その代わりに犯人に制裁を与えた九条さんを、悪人として裁くの？

それに九条さんが逮捕されたら、正太郎とばあやさんはどうするんだろう。百合子《ゆりこ》だって、あんなに九条さんの事が大好きなのに……。

「じゃあ……それはつまり、このまま通報しないと言うことですか？」

「え？」

思わず黙ってしまった私に、山路さんが言った。

「あ……そ、そういう事じゃ、ないけど……」

勿論そんな訳にいかないのはわかってるけど、でも。

「こ、このままにしておいたら、いずれバレるんじゃないの？　九条さんが何処まで証拠を消してるかはわからないけれど」

「通報せずに、今は見逃すと？」

「見逃す、って言ったらあれだけど……でもだからって、私達が九条さんを通報したら、正太郎が絶対に怒るし、もしかしたら――ううん、もしかしなくても、正太郎は手伝ってるかもしれないんだよ？　そしたら……そうしたら、正太郎も捕まっちゃう」

私達の手で、二人を犯罪者にする。

正しい道を選ぶなら、それを避けるのは間違いだって事はわかってる。わかっているけど、でも――どうしても、私はその選択肢を選ぶのが怖かった。

自分勝手で、自分本位な事だっていうのもわかる。狡《ずる》いことだし、人が死んでいるんだから、それを見過ごしちゃいけないことだって、充分わかっているのに。

　それでも私は、正太郎に憎まれるのが怖かったし、悲しかった。

「……止めてあげたかったな」

　その時、ぼうっと死体を見下ろしていた内海さんが、そう呟《つぶや》いた。

「俺達で二人を止めていたら、こんな事にはならなかったのにな……」

　くそ、と内海さんが呻《うめ》いた。その目に涙が光っていた。

「間違ってるってわかってても、自分じゃどうしても止められない事だってある。冷静になれない時なんて、誰にだってある。今はすぐ『自己責任』っていうけどさ、人間出来る事出来ない事、得意な事下手な事、みんなバラバラなんだよ。得意でも失敗する時だってある――そういうのをさ、支え合うのが人間だし、文化だし、文明なんだよ」

　だから友達がどうしても、間違ってることを止められずに突き進もうとしている、それをわかっているなら、本気で大切な人なら、喧嘩《けんか》してでも止めなきゃダメなんだって、内海さんが言った。

　泣きながら。

「そうだけど……私も、モジャ海も、館脇達が本当に人を殺すなんて、思ってなかったでしょ？　心のどこかで信じてたじゃん……だから、もう仕方ないよ」

　内海さんが、そこで罪悪感のようなものを感じるのは違うと思う。

　気持ちはよくわかるけど。でも——私達はどこかで思ってた。二人なら、瀬戸際で立ち止まってくれるはずだって。

「だったら、どうしますか？　通報しますか？　それとも——いまのうちに、遺体を私達で処分しますか？」

「……え？」

「神居古潭は遺体が上がらないという伝承があります。少なくとも冬場で腐敗が遅れるため、腐って浮いてくるのに時間もかかるでしょう。岩場に削られ、死因の特定が困難になる事も考えられます」

　ぞっとするような提案だった。

　そんなおっかないことを、山路さんは顔色も変えずに、平然と言ってのけた。元警察なのに。

「な、何言ってるの？　まさか死体を川に、捨てるって事⁉」

「そ、そうだよ山路さん、アンタ本気で言ってるんじゃないよね……？」

　驚く私と内海さんに、山路さんはきゅっと目を細めた。

「でも……ここに放置しておくよりはマシではないかと」

　そんな……と、私は内海さんと顔を見合わせた。

　だってそれって……『死体遺棄』っていう、立派な犯罪じゃない。

　とはいえ、殺されたのは小さな子供を攫って殺した犯人で、殺したのは親友だ。多分手伝っただけだとは思うけれど、でも正太郎が、九条さん一人にさせるようにも思えない。

このままでは、もしかしたら罰せられることもなく、更に犯罪を重ねたかもしれない人を、二人が殺したのだとしたら、それは本当に悪い事だろうか？

でも、だからって……。

ごくん、と私は緊張で飲み込み忘れた唾液《だえき》を嚥下《えんか》した。

「……悩んでいるんですか？」

「な……悩むに決まってるでしょ!?」

山路さんが怪訝《けげん》そうに言う。

「確かに私達は殺人犯の片棒を担ごうとしているわけですが——とはいえ、貴方《あなた》たちは二人とも、人を殺すのは初めてじゃないでしょう？」

「え……？」

もう一度、ごく、と私の喉《のど》が鳴った。

全身を、冬の冷気とは違う寒さが突き抜ける。

「……九条さんの身辺を調べ上げたんですよ。失礼ですが、貴方たち二人の過去も」

「私が殺したわけじゃない」

「けれど君がＳＮＳで売った画像が原因で、購入者の一人は職と家族を失い、命を——」

「やめてよ！」

言わないで。

お願いだから。

その話を聞いたのは、随分後のことだ。

私は転校して旭川に来て、既に新しい生活を始めていた。

友人達がどうしているのか知りたいような、だけど関わるのが怖くて遠ざけてた。

未成年でクラスの低カースト。

そういう隠れ蓑《みの》のお陰で、私は被害者の立場でいられたから。

自分だけ傷ついたような、そんな気持ちでいた私が、それだけじゃないと気がついたのは、私達の『顧客』の一人が、命を絶ったと聞いてからだった。

「あの時は……自分が何をやったのか、私は本当の意味ではわかってなかったし、わからないように目を瞑《つぶ》っていた。でも今は本気で反省して後悔してるし、ちゃんと償おうとしてる」

売る方も売る方だけど、買う方も買う方だ。私だけが悪いんじゃない――ずっとそうも思っていたし、むしろこんな写真に、必死にお金を出す人達を、滑稽《こっけい》だと思ってた。

悪いのは私じゃない、他の子もやってる、友達のためだから仕方ない――そんな言葉の殻に騙《だま》されて、内側にどんなに脆《もろ》くて柔らかい物が包まれていたのかわかってなかった。

私は倫理だとか、尊厳だとか、そういう形のない、はっきりは見えない、だけど生きていくために守っていかなきゃいけないようなものを、安価で売りさばいてたんだ。

それが自分だけじゃなく、自分のまわりの人を傷つけるってわかってなかった。

買っていた方も、思っていなかったんだと思う。

安易な気持ち。

スマホの液晶越しのイケナイコトは、ソシャゲの手軽感。

推しに課金や投げ銭するのと同じ、貨幣価値を容易《たやす》く狂わせるように、罪悪感のハードルも見失う。

「何をしたらどうなるか、そういう想像力の欠如と放棄が、犯罪に繋がるんだと思う」

世の中で『駄目』だと言われている事には、やっぱり『駄目』な理由がある。

だから私は、警察官になる。私と同じ様な子達に、そんな罪を犯させないために。

「だ……だから、私はいくら二人の為だとしても、そんな犯罪に加担なんて出来ない！」

――でも、内海さんは？

「…………」

私は死体の横で、黙ったままの内海さんを見た。

彼は見たことないくらい、昏《くら》い顔をしていた。

「内――も、モジャ海？」

なんで何にも言わないの？

どうして違うって否定しないの？

「……なんで？　少なくとも僕のことは、普通の身辺調査では出てこない筈《はず》だよ？　山路さん、あんたどうやって、何を調べたの？」

いつもはバカみたいに明るい筈の内海さんが、俯《うつむ》き加減で山路さんに問うた。

「そうですね。確かに病院側も貴方を庇《かば》っていて、なかなか調べるのには骨が折れました」

「……病院？　どういうこと？」

話がよくわからなくて、私は二人を交互に見る。山路さんは何故か私と目が合うと、うっすらと笑った。

「小学生の頃です。彼は難病で苦しんでいた従兄《いとこ》の呼吸器を、故意に止めたんですよ」

「……え？」

「遠くない死の恐怖よりもなお、我が身を蝕《むしば》む痛みに耐えられず、彼は毎日『殺して欲しい』と、ずっと訴えていました。勿論《もちろん》それを叶《かな》えられる人間はおらず、周囲は心を痛めるばかりだった」

それは、でももうずっと昔のことだから、と、山路さんが訪ねた病院関係者の人は、念を押したそうだ。

だから蒸し返さないで欲しいと。

それに、きっとそれは事故だったのだ。

ただ、見舞いに来てくれた内海少年の為に、伯母《おば》は病院の売店にジュースを買いに行った。そして戻って来た時には、呼吸器が停止しており、その病身の息子は息絶えていた。ただそれだけ。

　母親は内海少年を責めなかった。ただ、ごめんね、ごめんねと泣きじゃくっていた。

形はどうであれ、苦しむ息子を救ってくれたのだ。しかもまだ幼い少年が。

けれど幼いといっても、善悪や命の重みという判断はつく年頃だ。

病院も、親戚《しんせき》も、みんな内海少年を庇うように、従兄の死は、そのまま病死として処理された。

「情報提供者は、当時の内海さんにはなんの責任もないと言ってましたが、本当に悪くなかったら、隠し事にはならない。どんなに庇ったとしても、それは自殺関与・同意殺人の罪に問われる行為です」

　山路さんが淡々と続ける話を、内海さんは否定も肯定もしなかった。

ただ冷たい風が吹く中、ただ死体を見下ろすだけ。

「貴方たちは既に過去に罪を犯している。そして自分の中の正義を全《まっと》うする為に、手を汚す事、嘘をつく事は厭《いと》わない。そういう性格だ。現に今日私と一緒に行動し、必要とあらば嘘をつく事を躊躇《ためら》わなかった」

　山路さんは気味の悪い笑顔のまま、そうですね？　というように、私を見た。

否定は出来なかった。私も、内海さんも。

「九条櫻子には、復讐《ふくしゅう》をする正当な理由がある。そしてこの先に起きる可能性のある犯罪を未然に防いだといえなくもない——どうしますか？　それでも通報しますか？　それとも私達の九条さんを守る為、館脇少年の人生を守る為にも、この遺体を遺棄しますか？」

なんて事を言うんだろう、この人は。

そんなの駄目に決まってる……でも同じくらい、正太郎を守りたい。

平静さを保とうと思った。動揺を悟られると、私の事を軽んじられそうだったから。

でも本当はものすごく緊張していた。無意識に、また喉が鳴る。

「そ、そうやって聞いてくるけど、イケオジはどうしたいのよ？　私達に選ばせて、責任転嫁するつもり⁉」

思わず大きな声が出た。そんな私に、山路さんは人差し指を立てて『静かに』と、自分の口に押し当ててみせた。

「私はどっちでもいいんです。九条さんを守りたい気持ちはありますから。それに私はもう法の番人じゃありませんから」

もう警察じゃなければいいってこと？　でも私と内海さんは？

思わず内海さんを見た。俯いているが、どんな表情なのか見えない。

「……どうしよう、モジャ」

声を絞り出すと、急に涙がこみ上げてきた。

どうしてか自分でもわからなかったけれど、すぐに気がついた――私は、怖いんだ。

すぐそばに死体があること、友達を警察に突き出すこと、これからの事――自分が『また』罪を犯すこと。しかも今回は自分の意思で。

全部が怖い。どれを選ぶのも。

ぼろぼろ零《こぼ》れる涙を、北風が引っ掻《か》き回す。ひりひり頬が痛むのを感じる。ず、っと鼻が鳴ると、そこでやっと内海さんが顔を上げた。

「うう、モジャ……」

気がつくと、彼もぼろぼろに泣いていて、鼻水がつららになりそうになっていた。

「そ、そりゃさ、警察に通報なんてしたくないよ、友達なんだから」

「そうですね、じゃあ」

山路さんが死体の腕を摑《つか》もうと手を伸ばした。けれど内海さんがその手首をぎゅっと摑んで制する。

「いいや、やっぱり、それはダメだ」

「ですが――」

「僕は九条さんが好きだ。正ちゃんも、梅さんも大好きだ。あの骨だらけの家も、なんだかんだ好きなんだ……だけど、これはやっぱり、ダメだ」

ぐぐぐ……と内海さんが山路さんの手を押し返し、「現場の保全をしなきゃ」と言って、私と山路さんに、離れるように指示した。

「人間は一人じゃない。肉親が、親族が、恋人が、友人が。たとえどんな酷《ひど》い生き方でも、必ず誰か一人くらいは、その人の事を心配する優しい人がいるもんだよ。だからどんなに悲しくても、『報復』を許してしまったら、悲しい連鎖は終わらない。それは……誰であっても、それが九条さんであっても変らないんだ」

そこまで言うと、内海さんは自分のスマホをポケットから取り出した。

「……通報するよ」

彼が最終確認のように、私達を見た。

いいよと言おうとしたけれど、うわわ、と情けない泣き声が溢《あふ》れた。内海さんも顔をくしゃっと、また泣き顔に歪《ゆが》めた。

でも、ここで内海さんに選ばせちゃったら、彼が悪者になる。

だから私は代わりに、一緒にそのスマホを下から支えるように持った——一人でなんてさせないよ。私もちゃんと担うから。

「ねえゴスちゃん」

「うん？」

「でもそのかわり僕たちは、この先何があっても『親友』のまま、二人の力になろう。いいね？　絶対だ」

「——うん」

わかってる。

そんなの、絶対にきまってる。

私達は、それでも法律を選んだ。

自分たちの意思で。

そのかわり、何があっても二人の事は裏切らない。

法の女神《テミス》の天秤《てんびん》の下で、それでも私が二人を守る。

■陸

そこから先が、あのスピーディな展開に繋《つな》がるわけだ。

既に僕らは現場にいた事が確認され、しかも現場の近くには、櫻子さんの指紋がついた凶器が残されていた。

それも今までも、警察相手に散々問題を起こしていた櫻子さんだ。

彼女を覚えていた人や、犯人候補に挙がって、納得した人がいたのは想像に容易い。

そして阿世知と内海さんは、どうせ僕のことだから、櫻子さんの身代わりに警察に行くとか言い出すだろうと、そう話していたらしい。

それで、今朝の、この状況な訳だ。

そうして阿世知は全部話してくれた、昨日何があったのかを。正直悲しかったし、二人の優しさが嬉《うれ》しくもあった——だけど、それでもやっぱり、櫻子さんを通報したことは、許せなかった。

「櫻子さんは本当に、犯人じゃなかった。殴ったのは、千葉夕月さんの現在入院してるお兄さんだ」

「夕月ちゃんて、橋の上から転落したっていう……？」

ぎゅっと、阿世知の眉間《みけん》に皺《しわ》が寄った。

「僕が知り合いの記者さんに聞いた話では、阿世知の見つけたご遺体には、首を絞められた痕《あと》があるって——多分、好美さんだ。彼女が首を絞めて殺害した後、行方をくらましているんだと思う」

「好美って？」

そこから僕は、簡単に好美さんと、清美さんの話を彼女にかいつまんで話した。花房の事まで教えるわけにいかなかったから、若干フェイク混じりではあったけれど、阿世知は素直に僕の話を信じてくれたみたいだった。

「とにかく、彼女に話を聞かなきゃ埒《らち》があかないと思うんだ」

「そうね、九条さんを解放して貰《もら》うために、手っ取り早いのはその真犯人を警察に突き出すことじゃない？」

そう阿世知が少し鼻息を荒く言う。でも——。

「……とはいえ、彼女も騙《だま》されていて、暴力を振るわれていたんだ。極度の興奮状態だったし、もしかしたら……男性を殺したのは、正当防衛かもしれない」

勿論《もちろん》、櫻子さんが最優先だ。

でも……僕は好美さんを憎みきれないし、あの奥原修というらしい、偽犯人が無害であったとは思えないのだ。

でもそんな躊躇《ちゅうちょ》を見せる僕を、阿世知が睨《にら》み付けてきた。

「だとしたら、余計ちゃんと司法に任せるべきじゃないの？　きちんと正当防衛って認められない限り、その人は自分の罪が明るみに出ることを、ずっと恐れて生きていかなきゃいけないんでしょ？　それって全然幸せだとは思えないけど」

「あ……」

確かに、それは阿世知の言うとおりかもしれない。

「それに……できれば逮捕されるより、自首という形がいいよね。少しでも刑が軽くなるように」

でも好美さんを見つけて、話を聞き、自首を促すという事が容易でない事は明白で、いざとなると僕らはどうしたものかと顔を見合わせた。

それに、もう一つの気がかりが山路さんだ。

昨日会った時、彼は阿世知達に会ったことを、なんにも話してくれなかったし、なんだかその動向は気味が悪い。

彼を本当に信用していいのか？　という不安が、ゆうらりと鎌首をもたげてきた。

でも、誰が味方で、誰がどこで何をしているのかわからないのは、いままでだってそうだ。彼らは姿を見せない『亡霊』なのだ。

本当に信じられる人だけを信じ、自分の力で戦わなきゃ駄目なんだ。

阿世知は「記念すべき冬休み一日目を、こんな事のために使うのに、感謝しなさいよ」なんて言いながらも、今日はこのまま好美さん捜しに付き合ってくれることになった。

急いでバスに飛び乗り、まずは好美さんの家を訪ねたけれど、相変わらず人の気配がない。

もうここに戻ってくる気がないのかもしれない。

どこか打ち所が悪くて、そのまま病院に入院になっているのだろうか。

まったく見当がつかないことに苛立《いらだ》ちを感じる。

「……どうする？　館脇」

「……骨」

「え？」

「骨は……どこだろう」

この問題の骨だ。

櫻子さんはいつも言う。物事には『骨』がある。原因が、真実が。

「はぁ？　骨？　誰の？　――お墓？」

だけどそんな思わずの独り言に、阿世知が答えた。

「……お墓？」

「普通はそうでしょ？　九条さんの家じゃないし、あとは博物館とか？」

　そこで僕ははっとした。

「そうか、清美さんの、お姉さんのお墓だ！」

「お墓って……場所、知ってるの？」

「うん。元々母さんの物件で亡くなった人だから」

　家を借りてくれている人が、亡くなってしまうこと自体は、ものすごく珍しい事ではないけれど、清美さんは生前も母の印象に残っている人だった。

　今思えば、彼女はそんな風に、他人を魅了するタイプの人だったのだろう。少なくとも僕は彼女の正体に、まったく気がついていなかった。

　櫻子さんが、悪い意味で人に強烈な印象を残すのと同様に、清美さんもまた人の心に強く痕を残す人だったんだろう。

　お墓と言っても、彼女のお骨が眠るのは、市内のお寺の納骨堂だった。

　納骨堂を訪ねてみると、そこには新しい仏花が飾られていた。しかも線香立てには、まだ形がそのまま残った真新しい灰と、お線香の匂いが漂っていた。

「多分好美さんだ。ここに来たんだ」

「家族で、別の人って事はないの？」

「いや……もう好美さんしかいないはずだから」

ご両親——清美さんの育ての母も、生みの母も、そして婚約者も、もう亡くなっているはずだ。

お坊さんに好美さんと思《おぼ》しき人を見なかったか問うと、それらしい女性が、ついさっきまで来ていたと教えてくれた。

入れ違いだ。もっと早く気がつけば良かった。

「……骨は、なんだろう」

「え？　カルシウム？」

「そうじゃなくて、この件の『骨』だよ。本質ってこと。彼女を動かす行動理念っていうか」

「わかんないけど……」

「彼女は他人事《ひとごと》じゃないって言っていたんだ。僕と好美さんは似てる。彼女は未来の僕だって」

「違うでしょ、館脇とは。全然」

「僕もそう思ってた」

「でも……こうやって力になってくれる阿世知や、まわりの大切な人達が僕を導いてくれていなかったら、どうだったかわからない」

「それって……つまり、その好美って人は孤独だってことね」

勿論本当にそうなのかはわからない。

けれど側で彼女の力になったり、止めてくれるような人はいないのだと思う。

何もかも受け止めてくれる人も。

旦那《だんな》さんとの生活が、彼女にとって本当に幸せだったのかはわからないけれど、すくなくとも僕と櫻子さんが、それすらも奪ってしまったのだ。

「僕は結局……そういう『孤独』みたいなものを知らないと思うんだ。もし孤独で、しかも人を殺して逃げなきゃいけなかったら、人は何処に行くんだろう？」

僕は甘やかされているし、心優しい友人に恵まれすぎていて、好美さんの気持ちを汲《く》み取ることも出来ない。

「櫻子さんは、いつも物事には骨があるって言う。好美さんを突き動かしている骨はなんだろう――彼女は何をしようとしているんだろうか？　ただ自暴自棄になっているなら、櫻子さんの言うように、人形の首に固執することはなかったと思うし」

そんな僕の呟《つぶや》くような問いかけに、阿世知が少し首を傾げて見せた。

「もしかしたら、本人にもよくわかってないのかもよ？　人間って、100%行動に意味があるとは思えない。考えなかったり、間違ったり、考えないようにしている時だってあるから」

「……そっか」

「迷って、決めかねて、結局中途半端になってることだってあると思う」

それを言われると……確かにそうかもしれない。

「でも……それでもその人を突き動かす原動力は、何かしらあると思うんだ。理由が、骨が──今日、阿世知がこうやって僕を助けてくれるように」

本当はこんなことに、阿世知がわざわざ付き合ってくれる必要なんかないんだ。

阿世知はそう言う僕を見て、ちょっと眉間《みけん》に皺《しわ》を寄せた後、思案するように俯《うつむ》いた。

「その人さ……なんでここに来たのかな？」

「好美さんにとって清美さんは、死んじゃっても特別な存在だから、何か答えが欲しかったのかも」

「答え……は、でも、貰《もら》えないじゃない？　死んじゃった人は何も言ってくれない」

「うん。まあ結局そうなんだけどさ」

だったら今、好美さんの心はどんな状態なんだろう。

元々少し情緒不安定な人だとは思う。

お姉さんの人形の首を取り返すために、殴られ、そして人を殺した。でも探していた人形は取り戻した。

喜だろうか、怒だろうか。哀か、楽か。

少なくとも、楽しんではいないと思うし──好美さんは、僕の中で、何故だかいつも泣いているイメージだ。

「……ずっとお姉さんの事ばっかりで、正直好美さんの事は、よくわからないんだ」

空っぽというか、操り人形のようだっていうか。

櫻子さんと一緒にいる時、僕もあんな風なのかなって、少しだけ怖くなる。

「度を超えた共依存って感じなのかな。それって怖いね。自殺とかしなきゃいいけど」

「…………」

「だってさ……天国でなら、ワンチャン会えるかも？」

「清美さんがいるのは、もしかしたら地獄かもしれないけど……」

僕が見ていた『清美さん』ではなく、話に聞いている『清美』という人が、その通りの人物なのだとしたら……だけど。

「でも……せっかく首を手に入れたのに？」

「わかんないけどね。でもあんな風に、誰に見られるかわかんない所に死体を残していくなんて、ちょっと自暴自棄すぎない？　警察が必ずしも九条さんを疑うとは限らないし、九条さんが好美って人の事を警察に話す可能性だってある」

「……確かにご遺体の遺棄方法は雑だと思う。見つかっても構わないって感じで」

でしょ？　と阿世知は頷《うなず》いた。

「生きて逃亡するつもりなら、もう少し周到にすると思うの。少なくともその日のうちに町を出るんじゃないかな？　逮捕されちゃうかもしれないのに、翌日悠長に家族のお参りとかしない気がする」

それは僕も、なんとなく思っていた。勿論《もちろん》亡霊達の手引きがあって、安全を確保されているとか、そういう事なのかもしれないけれど、彼女はそこまで彼らに信用されていないというか、期待されていないような、そんな気がする。

利用され、切り捨てられる側の人というか……彼女は蝶《ちょう》ではない。今まで僕が見てきた蝶達は、なんらかの『強さ』を持っていた。闇や、冷気を。

彼女は多分、そこまで強くはない。

「じゃあ自殺するんだったら、彼女は何処で、どうやって命を絶つだろう……」

好美さんの為にも、櫻子さんの為にも、それは絶対に止めなきゃいけない。

「その気になれば、死に方なんていくらでもあるし、そんな事まではわかんないわよ」

「でもどんな方法だって実行出来るとは限らないよ。前回はガスで死のうとしていたし、酷《ひど》く苦しんだり、身体が傷むような亡くなり方はしたくないのかなとは思う」

「………」

不意に阿世知が黙り込んだ。

「……阿世知？」

「……あのさ、WHOでね、自殺についての報道のガイドラインみたいなのが決められてるの。場所や、方法、自殺を美化するような報道をしちゃいけないのね。なぜかって、そうする事で、別の自殺を誘発する可能性があるからなんだって」

阿世知は少し躊躇《ためら》うように、言葉を選ぶようにしながら、声を潜めて話し出した。

「時々、女子が集団でパニック状態になって、過呼吸で倒れた、なんて話を聞くでしょ？ それは勿論一概には言えないけど、女子の方が共感力の高い社会性がある傾向を持っているせいなんだって」

「感情が伝染するって、そういうこと？」

うん、と阿世知が頷いた。

「同一化、って言えばいいのかな？ 仲のいい女子二人が、おそろいのアイテムや、同じ服、同じ髪型をしたがるのは珍しい事じゃない――私達女子は、その衝動に強い弱いはあっても、大切な人とひとつになりたい生き物だと思う」

「…………」

阿世知が自分の心臓の上に手を重ね、まるで痛みを堪《こら》えるように言った。

「その好美って人を、私は何にも知らないけれど、でもなんとなく思う。私と根っこの一部分が似てるんじゃないかって。だから……だから私が同じ状況だとしたら、死に方は同じがいい」

「つまり……清美さんと、できるだけ同じ死に方を選ぶ？」

「勿論『かもしれない』くらいの話だよ？ そこまで真剣に、信じてくれなくていいけど。でもそういう考えも、もしかしたらあり得るんじゃないかなっていう……」

そこまで言って、急にばつが悪そうに、阿世知が言葉を濁した。

「いいや、なんとなくわかるよ、阿世知の言いたいことは」

それに、そう言われると確かに、好美さんにはそういう危うさというか、自我の無さのようなものを感じた。

「髪型こそ違ったけど、久しぶりに会った好美さんは、全然違ってた。服装や雰囲気が、どこか清美さんを彷彿《ほうふつ》とさせたんだ。玄関で使ってた芳香剤とかも同じだと思う……」

それは『好きだからマネをしてる』というよりも、あたかも自分が清美さんになろうとしているような、そんな気がしたからだ。

「儀式的っていったらちょっと仰々しいけど、自分の最期だよ。自分で選ぶのだとしたら、特別な形にしたいんじゃないかと思う」

「だったら……植物園だ」

「え？」

「植物園だよ。清美さんはそこから採った毒を飲んで死んだんだ」

■漆

阿世知は普段、妙にちょっと鈍くさい所はあるけれど、僕らの中で一番ネット関係に強い。過去に失敗したからだというけれど、彼女のその情強《じょうきょう》具合は頼もしい。

今日も植物園に行くという僕に、彼女は先にネットで営業時間を調べた方がいいとスマホを取り出した。

「改装の為、冬期休業中だって――どうする？　閉まってるよ」

「え？」

「調べて良かったね。どうする？　この状況なら、好美って人も来てないと思うけど」

「……ベラドンナ」

思わず呟くと、阿世知が妙に嬉《うれ》しそうに「え？」とこっちを見た。最初の「え？」とはまったくイントネーションの違う、弾んだ声で。

「ベラドンナと同じ効能の毒を飲んだんだ、清美さんは」

「魔女の花！　すごい、アトロピンって事ね」

阿世知の目が、今までにないくらいにキラキラと輝いた。

「ベラドンナと同じ効能を持つ和製の花の実を、カプセルに入れて飲んだんだって。毒の種類までは、僕はよく知らないけど」

「トロパンアルカロイドね。アトロピンとかが含まれるの。副交感神経を麻痺《まひ》させる毒。毒の女王みたいなもんよ。とはいえ――手に入れやすい毒ではないんだけど」

そうね、と阿世知はちょっとだけ思案するように俯いた。

「うーん。もしかしたらだけど、医療関係者だったっていうなら、こっそり薬を盗んだりしたのかもね。後からバレても本人は既に死んじゃってるんだから、怖いものなんてないだろうし」

「同じ効能の薬を？　あるの？」

「前は眼科って言われてたよね？　確かアトロピン系の点眼薬とかがあった筈《はず》。私は致死量とかまではわかんないけど」

　バス停を目指して歩いていた僕らは、結局行き先を失ってしまって、ひとまず作戦会議にと、カフェに入った。

「ベラドンナはね、魔女の軟膏《なんこう》の主成分の一つなの。十六世紀に発見されたレシピには、ベラドンナ、ドクニンジン、ヒヨス、マンドレークが使われていた」

「魔女の軟膏？」

「空を飛ぶために必要な薬――『魔女』は、それを使って空を飛んでいたの」

「…………」

　空を飛ぶ、薬……？

　メニュー片手に、阿世知がまるで当たり前の事のように話しているけれど、僕はさすがに……ほんのちょっと引いた。

　そんな僕を、阿世知はギッと睨《にら》んだ。

「は？　本当に飛べるわけないでしょ。『魔女の花』ベラドンナはアトロピン、『ソクラテスの血』ドクニンジンはコニイン、『魔女の草』ヒヨスにはスコポラミン、『悪魔の蠟《ろう》燭《そく》』マンドレークはヒヨスキアミン――どれも幻覚作用があるの」

「あ、じゃあ飛んだ幻覚を見たってこと？」

「そ。まぁ身体はともかく、頭の中は確かにブッ飛んでたんでしょ」

「ああ……」

「だから……模倣だけじゃなく、もしかしたら幻覚ででも、お姉さんに会いたいのかもね」

願わくは、夢の中ででも――その気持ちは、けっしてわからない訳じゃない。

「でも清美さんがベラドンナを使って死んだのは、メッセージだったのかもしれないって、櫻子さんは言ってた。ベラドンナの花言葉は『沈黙』だから」

『汝《なんじ》を呪う』の方かもよ」

「え？」

「ベラドンナのもう一つの花言葉よ。学名は Atropa belladonna。ギリシャ神話で、運命の輪を回す、モイライの中の長女、アトロポスが由来なの。彼女は人の命を絶ちきるのが役目なの。どのみちベラドンナが意味するのは、強烈な死のイメージだと思う」

そこまで言うと、阿世知はふう、と寂しげに息を吐いた。

「大好きな人が、そんなメッセージを残して死んじゃったら、苦しいよね」

――あの日。

清美さんのご遺体を前にした好美さんは、本当に動揺していた。

『どうして？　姉さん』って、そう泣き叫んでいた。

あの時僕らは好美さんが、清美さんを死に追いやったんだと思っていた。でも好美さんは――本当に、姉がどうして自分を置いて、死んでしまったのか、わからなくて苦しんでいたのだとしたら。

——ずっとずっと探してる。朝も、夜も、一人の時、誰かといる時、ふとした瞬間、いつでも姉さんの事を思い出す。姉さんが何故死んでしまったのか、くりかえし答えを探すの。姉さんの考えることなんて、私にはわからないってわかってるのに

「あ……」

ああ、そうだ、思い出した。

「好美さん……昨日車の中で。『ずっとずっと探してる』って、そして『まだ、姉さんの聲《こえ》を聞く方法がある』って」

結局彼女はまだ答えを探して彷徨《さまよ》っているのだろうか。この世をどんなに探しても見つからなくて、だから死の淵《ふち》の瀬戸際に立って、必死に何かを見つけようとしているんだろうか。

そこでふと思った。

「清美さんのあの部屋、今は誰が使ってるんだろう……」

もし、本当に清美さんと同じ死に方を選ぶなら、場所はあの部屋なんじゃないだろうか？

今、あの部屋には誰が住んでいるんだろう、一応母さんに聞こうと、阿世知の電話で

家に電話をかけた。

しばらくの呼び出し音の後、留守電に切り替わった。母さんは家にいないようだ。

じゃあスマホの方にかけてみよう、そう思って電話を切る僕の耳に『メッセージをお入れください』というアナウンスが、妙に残った。

メッセージ——。

清美さんの自殺の原因が、僕らは好美さんにあると思っていたから、だからこそ、ハシリドコロは清美さんのメッセージだと思った。

でも。

「あのメッセージは、清美さんから本当に好美さんに残されたものだったのかな」

もしかしたら、それは他の誰か、別の人へだったのかもしれない。

「でも、遺書とかはなかったんでしょ？　他に何か残されてたものは？」

「……あ」

そういえば、もう一つあった。

あの部屋にあった、印象的なものが。

再び今度は母さんのスマホに電話すると、母さんは知らない阿世知からの番号だったからか、『はい？』と怪訝《けげん》そうに電話に出た。

「母さん、正太郎だけど、今どこ？」

『それはこっちのセリフよ！　あんたどこにいるの？　母さんは買い物から家に戻ると

ころ』

「ほんと？　じゃあひとつ聞きたいことと、お願いがあるんだ」

『なによ』

「清美さん……前に母さんのアパートで自殺した清美さんの部屋、今はどんな人が借りてるのか知りたかったんだ。もしかして、妹の好美さんじゃないんだよね？」

『そんなの正太郎に教えられるわけないでしょ――って言いたい所だけれど、あんたの言うとおり、好美さんよ。瑕疵《かし》物件になって借り手がつかないだろうからって、最初何ヶ月かは家賃を負担してくれていたの。そうしたら、お母様も亡くなってしまったらしくて』

好美さんは好美さんで、ばたばたと結婚が決まったので、実家を売りに出し、そのかわりそのまま清美さんの部屋を、しばらくの間の物置代わりに使う事にしたのだそうだ。二～三年もすれば、瑕疵物件だという告知義務期間も過ぎる。

多少家賃は下げた設定ではあるものの、そのまま好美さんが数年使ってくれるというのは、母さんとしても都合が良かったらしい。

そうか、やっぱりか。

だったら好美さんは今きっと、あの部屋にいるはずだ。

「あ、あと、もう一つ。清美さんが育ててたミント、あれ、写真で送って欲しいんだけど……」

正確には、もう二世代目のミントだ。種を取って、母さんがまた芽吹かせたミント。どうにも美味《おい》しくなくて、食用にするのは好きじゃないけれど、夏場に何度か湯船に入れて、スースーする入浴剤に使ったりしてきた。

ややあって母さんが、阿世知のスマホにミントの写真を送ってくれた。

「で、どうするの？」

「もう一回。今度は先生にかけさせて」

「先生ってどの？　ザキイソ？」

「うん」

ええ……と阿世知が心底嫌そうな顔をした。

え……磯崎先生のこと、そんなに嫌い？

先生は電話の主が僕だとわかると、『家に何度も電話したのに』と、酷《ひど》く不機嫌そうに言った。母さんも買い物に行ってたみたいだし、それは申し訳なかった……。

「僕もお話ししたいことは沢山あるんですけど、今、急用で！」

『先生もそれなりに大事な話があったんだけど……』

「後でまたかけますから！　それより今すぐ先生に、どうしても教えて欲しいことがあるんです！　植物のことで！」

そう言った途端、それまで何か言いかけていた先生が、急にスン、と黙った。

『……いいよ、聞こう』

さすが磯崎先生だ。どんな時でも植物だ。

「今から送る写真、ミントだと思うんですけど、品種とかってわかりますか？　ミントって色々な種類があるって聞いたんですけど」

『ミントね……。確かに種類は多いし、すぐに交雑——つまり異種交配してしまうから、特徴的じゃないと難しかったりもするんだ。だから必ずしも答えられるとは限らないけど』

珍しく先生が弱気な事を言う。それは本当に難しいのかもしれないと思いながら、先生に画像を送る。

「どうですか？」

『ええと——ああ、珍しいね。最近は随分減っているんだけど』

「わかりますか？」

『うん。これならね』

やった、さすが磯崎先生だ。まずはほっとした。

『これはおそらく薄荷《はっか》だよ。葉がほっそりとした印象で、葉柄が仮輪より長い』

薄荷……？

「え？　ミントと薄荷って、別のものなんですか？」

『ミントの品種のひとつが薄荷って感じかな。和種薄荷、日本薄荷とも言われてる。薄荷は北見《きたみ》の名産だけど、今は西洋種が主流になっていて、栽培数は多くない。香りは強いけれど、樟脳《しょうのう》臭もあり、苦みも強いので、食用に単体で使うのには向かないからね』

「あ、やたら苦いのはそのせいだったんですか……」

どうりであんまり美味しいと思えなかったんだ。

「ああ！　あと……花言葉とかって、わかりますか？」

『花言葉？　そうだなミントは効能、美徳。ああ、あと薄荷って言えば――』


「――え？」


一瞬、ぞくっと寒気がした。

先生が教えてくれた言葉に。

その時僕は、確信を得た気がしたんだ。

「……わ、わかりました。ありがとうございます！　また後でかけ直しますから！」

『うん。その急用が済んだらすぐに連絡しなさい。何があっても、一番に』

先生は溜息《ためいき》交じりにそう言うと、僕が返事をする前に、一方的に電話を切ってしまった。

阿世知に電話を返し、バス停に向かう途中、タクシーの姿が見えた。

幸いクリスマスプレゼント費用に、お財布にはお金がいつもより多めに入っている。

僕は迷うことなく手を上げて、車に乗り込んだ。

タクシーで清美さんのアパートに向かうのは二度目だと思った。

押し寄せる恐怖に似た緊張に、喉《のど》の奥がぎゅっと締め付けられるように痛かった。

そうだ、僕は怖いのだ。

櫻子さんを失うのも、そしてまたあの場所で、死体を見つけるかもしれないことが。

■捌

インターフォンを連打するのは、櫻子さんの得意技だと思っていた。

「好美さん！　開けてください！　好美さん！」

でも仕方ない。何度も何度も、けたたましくインターフォンを押した。

いっそ周辺住人が、通報してくれたらいいとも思った。

「開けてください！　話を聞いて！　じゃないと……じゃないと僕が警察を呼びますよ!?」

もしかしたら誰もいないかもしれないとも思ったけれど、なんとなく、そう、なんとなく部屋の中には人の気配があるように感じた。

「警察とか、救急車とか——とにかく、貴方《あなた》が死のうとしてるって、いろんな所に言いますから！」

「ちょ……館脇、逆効果じゃない？　大丈夫？」　と、阿世知が声を潜めて僕のコートの袖《そで》の端を引っ張る。

「ああそっか……でも……」

　だからといって、ここで引き下がる訳にはいかない。母さんに部屋の鍵《かぎ》を借りることも考えたけど、前回切った中からのチェーンは、今は頑丈なレバー式《ドアガード》に交換された筈《はず》だ。だからカッターみたいなものでは切れなくなってしまった。

　とにかく、彼女が生きている内に、ここから連れ出さなきゃ。

　絶対に彼女は部屋の中で息を潜め、僕の声を聞いている。

　まだ間に合う——そう確信しながら、ドア越しに語りかけた。

「開けて下さい！　お願いです！　わかったんですよ！　清美さんのメッセージ！」

　その時、初めて好美さんの心が動いたようだ。

ごと、とドアの向こうでくぐもった、人の動く音がした。

「好美さん。知らないままでいいんですか？　清美さんが貴方に何を言い残して逝《い》ったのか」

　また、微《かす》かにコト、と音がした。ドアのすぐ側で。

「……君に、わかるわけなんてないわ」

微かな声が聞こえた。好美さんの声だった——やっぱりだ、まだ、まだ間に合ったんだ。

今度は間に合った。僕はぐっと胸が熱くなるのを覚えた。

「い、いいえ。でも僕がどれだけ必死なのか、好美さんにならわかるはずだ、櫻子さんを助けるためならなんだってします。今日一日、ずっと必死で捜したんです」

「どうかしら……」

好美さんの返事は、いかにも半信半疑という感じだ。

「信じてないんじゃない？ いいよ、もう行こう、館脇。こんな人にわざわざ教える必要ない。九条さんは別の方法で助けだそう」

そんな好美さんをドア越しに感じながら、阿世知が言った。

「でも——」

「これ以上は時間の無駄」

そんな訳にはいかないと言いかけた僕の口を、強引に封じるようにして、阿世知が意味ありげに僕を見た。

阿世知の意図を汲《く》み取るとほぼ同時に、ガチャガチャ、とドアの向こうで音がした。

「……待って」

弱々しい声が、少しだけ開けられたドアの隙間から聞こえた。

「また……嘘ではないの？ 君も私を騙《だま》しているんじゃないの？」

「いいえ」

涙に濡《ぬ》れた声が絞り出された。

死を覚悟しているのだと思ったし、けっして楽しい状況じゃないなんて事、わかっていたつもりだったけど、でもドアの隙間から覗《のぞ》く好美さんの顔は、ひどく青ざめ、憔悴《しょうすい》しきっているようだった。

その姿に、僕はあらためて、やっぱり彼女が殺人を犯したのだと理解した。好美さんは強くはないことも。

「ちゃんと教えます。だけど交換条件はあります」

我ながら、卑怯《ひきょう》なことを言っていると思った。

でも。

「聞きたいなら、そのかわりに貴方も全部、本当の事を話してください——警察で」

「…………」

「貴方のせいで、櫻子さんが警察に連れて行かれたんだ。自首を約束してくれなきゃ、何も教えられません」

好美さんが短く息をのむのが聞こえた。

そして——少し遅れて、力ない溜息。

「……だったらいいわ。別に……知った所で、もう何も変らない」

「そうでしょうか」

「どういう意味?」

「僕なら知るべきだったと、知って良かったと、絶対に思う」

「………」

好美さんの答えはなかった。

いや、答えの代わりのように、ドアが再び閉められた。

阿世知が小さな溜息を洩《も》らす。

仕方ない、出直そう——そう思って二人で歩き出した時、結局思い直したように、ドアが開けられた。今度はドアガードも外されていた。

「好美さん……」

は、と阿世知が小さく息をのんだのがわかった。

好美さんは、とても傷ついていたのだ。

殴られて、腫《は》れ上がった頬が痛々しい。熟れた柿のように柔らかく、パンパンになった唇で、それでも好美さんはにやりと笑った。

「……約束よ? 私が納得出来ない答えなら、すぐに毒を飲む。あの人はこのまま犯罪者として生きることになる」

「わかってます。その代わり、貴方も覚悟を決めて下さい」

死ぬか、自首するか。

酷い選択肢だ。

僕は自分の大切な人の為に、目の前に立つ哀れな女性を不幸に突き落とそうとしている。

でも――もし櫻子さんがいないとしても、彼女に死んで欲しくないと思うのは、僕のエゴなんだろうか？

自死も人間の尊い選択だという人もいる。そうかもしれないとも思う。

だけど死は全ての終わりだ。

それでも、どんな時でも、生きて、生きて欲しいと願う。どうか死なないで欲しいと。

「……清美さんが亡くなった日のこと、覚えていますか？」

「忘れることなど、あるものですか――あの日は、私の人生も終わったんだから」

あの日、僕が鍵をこじ開けるときにつけた傷が、ドアの端にまだ残っていた。彼女は無意識なのか、開いたドアに寄りかかってそれを指で撫《な》でながら、ほとんど僕を見ないで言った。

玄関からは、あの甘いラベンダーの香りがした。

香りが、余計に僕にその日の事を思い起こさせた。

「部屋の中は滅茶《めちゃ》苦茶になっていた。本や、衣類、家の中の物が全部床に叩《たた》きつけられていた」

「………」

「でもその中に、何故か異彩を放つように、無傷なものがひとつだけありました」

「そんなもの……あったかしらね」

「ええ。なんだかわかりますか？　鉢の割れた斑《ふ》入りのアイビーとは違い、唯一あの家で美しいままだった物の事を」

「……わからない」

　僕は覚悟を決めるように、深呼吸をひとつした。

「ミントです。日本薄荷。あの時この部屋で無傷だった、ただひとつの命だ」

見捨てられてしまった可哀相な鉢植えは、結局僕と母さんで世話をしてきた。

美味《おい》しくない、香りの強い、清美さんのミント。

阿世知のスマホを借りて、画像を好美さんに見せる。

「この鉢、あの時のままね」

覚えてるわ。そう言って彼女はスマホを戻してきた。いい加減僕のスマホも返して欲しかったけれど、今は言う時じゃない。

　それよりもミントの事だ。

「あの時は僕もわからなかった。でも……これは本当は、貴方《あなた》に残されたものだったんだと思います」

「私に？」

「はい」

「どういうこと……？」

「あの時、貴方も貴方のお母さんも、清美さんを失ったショックで、鉢植えのミントの世話をする気力すら湧かないと、そう言っていた。僕も母さんも、比較的最近祖母を失ったばかりだったので、その気持ちはわかったんです。他の命に向き合う気持ちの余裕が持てないことが」

だからうちもお祖母《ばぁ》ちゃんが育ててた花の鉢植えは、永山のお祖母ちゃんが一時的に引き取って、世話をしてくれたのだ。

心が枯れてしまう時、草花も枯れてしまうのだ。

「だけどあれは、やっぱり特別だったんです。薬で我を失ってもなお、清美さんがそれに手を触れなかったほどに、あれは大事なメッセージだった」

ハシリドコロじゃない。

清美さんは多分、呪いや沈黙、そんな言葉を残したいわけじゃなかったんだ。

「あの残されたミント、日本薄荷の花言葉は『迷いからさめる』――そして、『私たちはもう一度友だちになろう』なんです」

「え……？」

「やっぱり清美さんがどうして死を選んだのか、僕にはわからない。衝動的と言うには計画性があった。きっと貴方にも話せない理由か――もしくは、巧妙な他殺だったのかもしれない」

花房の亡霊達が関わっていると、そして清美さん自身が彼らに与《くみ》していたらしいと知った今、本当の事はわからない。

生を儚《はかな》んだわけではなく、死を選ぶ以外に道がなかったのかもしれない。

「でも僕は思うんです。確かに清美さんの死は、貴方を不幸にした——でももしかしたら、彼女は最後に貴方を解放したんじゃないかって」

自分を心酔するように慕う妹。

清美さんが本当に怜悧《れいり》な亡霊の一人なのだとしたら、自分の死後、好美さんがどうなるのかは想像がつくだろう。

「貴方を想い、話せなかったのかもしれない。何か言えば、貴方を危険に晒《さら》すかもしれなかった。だから何も言わずに、ただこのミントに想いを託して、清美さんは旅立ったのかもしれない」

好美さんの両目から、大粒の涙が溢《あふ》れた。

「……僕らは『特別な人』の人形じゃない。ちゃんと一人の人間だ。自分で考えて、生きなきゃダメだ——清美さんの分も、貴方はちゃんと、生きてください」

ずるずると床に座り込むように、好美さんが泣き崩れる。

「だからこそ、きちんと自首してください——償って、そうしてやり直してください」

そんな彼女に現実をたたきつけるような自分が嫌だ。でも、僕は今日、この為に——櫻子さんの為だけに走り回ってきたんだ。

心の苦い痛みから目を背けるように、僕は警察に通報した。

最終骨　櫻花の葬送

■壱

まるで憑《つ》き物が落ちたように、好美さんは警察に自首をした。

実際に彼女は正当防衛だったらしい。

元々殺意はなかったし、むしろ病院に連れて行くことも考えていたそうだ。

乱暴しようとしたのは、殺された偽犯人の方だった。

腕が痛いと言って、拘束を解《ほど》かせた男は、人形の首を持って逃げようとする好美さんに乱暴し、それを奪い取ろうとしたのだ。

好美さんは必死に抵抗した。

気がついたら、男は死んでいたそうだ。

救急搬送後、一度は意識がなかった千葉さんが目を覚まし、彼の証言もあって、櫻子さんの容疑はすぐに晴らされた。

僕が好美さんに拉致《らち》された時、僕が設楽先生に送ったメッセージもどうやら一役かっていたようで、設楽先生が事前に何かしら手を打っていてくれたこともわかった。

そんな訳で、警察に連れて行かれた時と同じ唐突さで、翌日櫻子さんは九条家に戻って来た。

勿論《もちろん》、ばあやさんと在原さんには、こっぴどく叱られたらしいけど。

僕のスマホも、無事好美さんから返却された。

櫻子さんの記事を書かないで済んで本当に良かったと、八鍬さんからメールが届いていた。

そうして数日後、僕と櫻子さんは、改めて薔子さんの別荘に、クリスマスパーティに招待された。

ドドーンとでっかい、旭高砂《あさひたかさご》牛の特製ローストビーフを用意してくれたらしい。

うま味の塊って感じの赤身肉のローストビーフは、ぎゅぎゅっと噛《か》むごとに幸せが広がる。

牛と羊のいいとこどりって感じの、やわらか士別《しべつ》サフォークの串焼《くしや》きと、ほっくほく皮付きインカのめざめのフライドポテトも最高だった。

串焼きはクミンの利いたエキゾチックな香りがたまらないし、ポテトは小ぶりのお芋をそのまま揚げてあるので、皮の部分がカリッとして、中がほっくりむっちり甘いのだ。

フライドポテトってすごいと思う。お肉も勿論美味しいし、主役って感じではないけれど、脇役っていうには強すぎる。

揚げたての熱々もいいし、この少し冷めたのも美味しい。

男爵いも、メークインを筆頭に、きたあかり、アンデスレッド、シャドークイーン、とうやにピルカにさやあかね、デストロイヤー etc.……北海道にはおいしいジャガイモが沢山ありすぎる。

しあわせだ。何を食べても美味《おい》しいし、ご飯が美味しいって感じられる『今』が何より幸せだ。

部屋のリフォーム中で、リビングは少しゴチャついているけれど……なんて薔子さんが申し訳なさそうに言っていたけど、そんな事は気にならない。

ご飯が美味しすぎてそれどころじゃない。

「それにしても、私もそれなりに生きてきたが、まさか自分が逮捕寸前になるとはね、あははは」

芯《しん》の方まで赤くて、とろっと甘い瑞《みず》の香《か》イチゴをたっぷりと使った、イチゴタルトを美味しそうに食べながら、櫻子さんが満面の笑みで言った。

「笑い事じゃないですよ！　どれだけ心配してたと思ってるんですか！」

あまりに無神経に笑い声を上げた櫻子さんに、普段は温厚な鴻上《こうがみ》が、くわっと目を見開いて言う。

さすがの僕も呆《あき》れてしまった。みんな非難囂々《ごうごう》だ。当の櫻子さんはタルトを没収されかかって悲鳴を上げていた。

まったく、こんな風にまたご飯を囲めるようになった事を、少しぐらいはまわりに感謝して欲しい。

本当に良かった——好美さんの事を考えると、少し胸は痛むけれど。

「……好美が自首したのは、君のお陰だね、正太郎」

思わず俯《うつむ》いていた僕に気がついたように、櫻子さんが言った。

「ありがとう。君は名探偵だな」

「阿世知と先生が協力してくれたからですよ」

「ほう？　それはきちんと礼をしなければならないね」

櫻子さんが磯崎先生を見た。先生はひょい、と肩をすくめた。

「そんな事より……食事が終わったら、貴方《あなた》に話さなければならないことがあるんです」

先生が珍しく、言葉を選ぶように言った。

まるで示し合わせていたように、薔子さんと鴻上が顔を見合わせていた。

変な雰囲気だ。

「私に？　話が？」

「え……ええ、貴方に見て貰《もら》いたいのよ」

薔子さんも切り出すタイミングを迷っていたという事なのか、どこかほっとしたように息を吐いてから言った。

「いったいなんだ、改まって……」

怪訝《けげん》そうに櫻子さんが眉間《みけん》に皺《しわ》を寄せる。

磯崎先生、薔子さん、鴻上が顔を見合わせた。三人とも表情は少し険しい。

「サァちゃんが警察に連れて行かれた日、私達がここで先にパーティを開いていたのは知っているでしょう？　あの日、私達も気になるものをここで見つけたの——貴方は龍《りゅう》生《せい》のことを覚えているわね？」

「お祖父《じい》様の友人の画家だ。確か彼と親しくなったのがきっかけで、その兄である東藤《とうどう》の御大将と親しくなった筈《はず》だよ」

「そうね。ここはその龍生のアトリエだった——貴方の伯母《おば》である、薫子《かおるこ》さんも出入りしていた場所よ」

そう言って、薔子さんは僕らに、その『龍生』と『薫子さん』、またの名を『阿菊《あぎく》さん』について、僕にも簡単に説明してくれた。

「だが、昔のことだ。それが何だと言うんだ？」

櫻子さんは、更に眉間に皺を寄せて、訝《いぶか》しむように問うた。

「……見て欲しいものがあるのよ」

薔子さんは険しい顔でそう続けた。そう言って、さっきまでリビングのソファで囲われていた、地下室のような所に、僕らを案内した。

冷たい空気に覚えた既視感——ああ、そうか。

ぎ、ぎ、と階段を降りながら、僕は旭岳《あさひだけ》の耕治《こうじ》さんの別荘で、ご遺体を見つけた時の事を思い出した。

そんな筈はないとわかっていても、また死体があるんじゃないかって、そんな不安が頭を過《よぎ》った。

でもその下で待っていたのは、死体ではないものの、充分にぞっとするような光景だった。

「これは……」

案内された、ひっそり冷え切った地下室。

目の前の壁一面に、櫻子さんの写真がびっしりと貼られていた。

「この写真は、最近のものだと思うんです」

古いものもあれば、新しいものもある。その中の一枚を、鴻上が指差した。

確かに半分見切れている僕が映っている。これは多分……今年の春か夏の写真だろう。

「……まあ、リビングが盗聴をされているくらいだから、写真程度は想定内だ」

ふん、と櫻子さんが鼻を鳴らした。薔子さんがぎょっとしたように目を見開いた。

「盗聴ですって⁉　リビングが⁉　九条家の⁉」

「別に、聞かれて困ることは話さない。だったらそのままにして、気がついていないと思われる方が、相手も警戒しないし動きやすいだろう」

なんてことはないというように、櫻子さんはひょいと肩をすくめて見せた。

「そういう問題じゃないでしょう⁉　家に誰かが忍び込んでいたって事じゃないの！」

「そうだが、いつ仕掛けられたものかがわからない。身内が付けた可能性もある。焦った所で今更じゃないか」

はっはっは、と無神経にまた櫻子さんが笑う。薔子さんが頭痛を堪《こら》えるように額を抱えた。

僕はと言えば、この明らかな隠し撮りという行為に、激しい嫌悪感と怒りが湧き上がった。

「それで、これがどうしたというんだ？　私に熱狂的なストーカーがいたという事か？」

「……思い当たる人物はいますか？」

鴻上がおずおずと問うた。

「わからないが、いても別に驚きはしないよ。自分でいうのもなんだが、私は黙っていれば美しい部類に入るだろう」

口を開くと残念だという自覚は、しっかりとあるんだ。思わず苦笑いが僕らに零《こぼ》れた。

「見て貰いたいのはこれだけではないの——これを覚えている？」

「これは……」

そう言って、薔子さんが差し出したのは、指輪《ゆびわ》だった。

「この指輪、覚えている？」

言われるとどこかで見たような気がする。でもいつだかわからない。そっと櫻子さんを窺《うかが》うと、彼女はそれを手に取り——。

「……オフィーリア」

「え？」

「バスタブの中のオフィーリア――耕治の父親の愛人の指輪だ。それがどうかしたか？」

「あ！　ああ！」

そうだ、思い出した。まさに耕治さんの旭岳の別荘で、バスタブの中で屍蠟《しろう》化したご遺体だ。その手の中にあった指輪だ。

「そこの金庫の鍵《かぎ》だったの。おそらく耕治の父親の指にあったものよ」

「…………」

そしてオフィーリアが、ご遺体の指を切り落として手に入れた指輪だ。

「彼女の素性はね、いまだによくわかっていなかったの。耕治の父親と、道に外れた恋をしていたこともあって、ご遺族が引き取りに来て、それっきりよ」

と、薔子さんが険しい顔で言いながら、僕らを金庫の前に案内した。

「名前は箱石《はこいし》沙枝《さえ》さんというの。耕治の父親とは、登山中に知り合ったそうだけれど、はっきりした事はわからない」

「金庫の中は？」

「……それも少し困る所なんだけど……見て頂戴《ちょうだい》」

物の散乱したパイプラックに、無造作に置かれた金庫。

無機質なそれに指輪をかざしてロックを外すと、中を見てさすがに僕は動揺した。

「現金と……貴金属か」

櫻子さんがぽつんと呟《つぶや》いた。中にはおそらく本物である札束（初めて見た）や、金のインゴット、宝石のケースと思《おぼ》しき物や、書類がぎっしりと押し込まれていた。

「それなりの額だな」

「ええ……おそらく、表に出ていないお金なんじゃないかと思うの。耕治の父が彼女に残したのか――もしくは、誰かの遺産か、活動資金」

「花房か」

　櫻子さんが目を細めた。

　そうして薔子さんは、この前磯崎先生と鴻上、この三人で見つけたあれこれや、指輪を届けてくれた耕治さんの事を話してくれた。

　その清白《すずしろ》、という画家が花房かもしれない事を。

「少なくともここが彼らの活動拠点の一つであった事は間違いないでしょうね。ただどうしてその指輪を、彼女が持っていたかということよ――正確には、おそらく耕治の父親が管理をしていた」

「そして、貴方の事」と、薔子さんは金庫の前に膝《ひざ》を突いている櫻子さんを見下ろして言った。

「少なくとも、おそらくその『花房』は、サァちゃんに固執していた。そしてもしかしたら、阿菊さん――伯母の薫子さんにも」

「やはりこの髪は伯母のものという事か」

　壁の中央に額に入れて飾られた、長い黒髪を見て櫻子さんが少し顔を顰《しか》めた。

「……たしかに私は、あの人に似ている」

「色々な事が折り重なって、何が何だか見えないのだわ――紐解《ひもと》いていくのは一つずつがいいでしょう。そこで私達、ひとつ気がついたことがあるの。この写真達よ」

「見て、何か思いませんか？」

それまで、何もかもを不快そうに、ずっと顔を顰めて僕らのやりとりを聞いていた磯崎先生が、僕らから数歩離れ、壁一面を見渡せる位置からそう問うた。

一瞬の沈黙が流れた。

「……あ」

「ふむ」

僕と櫻子さん、ほとんど同時に声が出た。

「なるほど、年齢か」

「ええ。どの写真も、貴方《あなた》が小学校高学年か中学生くらいから。こんなに沢山撮っているのに、もっと幼い頃の写真がない――それはつまり、貴方と撮影者が出会った年齢が、そのくらいだったんじゃないでしょうか」

「……つまり、惣太郎が行方不明になった頃、という事か」

それは、果たして偶然の一致なんだろうか？　それとも、それすらも何かのきっかけだったというんだろうか？

思案するように、櫻子さんが両腕を組んで、写真を睨《にら》んだ。

「九条さん」

やがて先生が短い溜息《ためいき》の後、どこか覚悟を決めた表情で口を開いた。

「これはけっして褒めてる訳じゃありませんが——それでも貴方は確かに非凡な女性だと思う。そして正太郎越しに貴方を見てきて、貴方には二つの顔がある事を知っています。一つは死者から犯罪に向き合う者、そして生物に向き合う学者としての顔です」

「非凡な君に言われるとは、私はよほどの変わり者だな」

そう櫻子さんが軽口を返したので、磯崎先生はちょっとだけ眉間《みけん》に皺《しわ》を寄せた。

「いいですか。ずっと僕は貴方がただひたすらに、後者であるべきだと思っていた。貴方が骨という、人間の根幹を支える学問を究め抜き、貴方の書いた論文が世界に発信されないというのは、人類の不幸だと思う」

「なんだ？　急に随分大げさなことを言うじゃないか」

訝《いぶか》しむような目をして、櫻子さんがははは、と苦笑した。確かに大げさな言葉だと僕も思った。でも、先生が冗談を言っているようには思えない。

「大げさじゃない。まだ人体には謎がある、新しい元号の世の中で、今更新しい臓器が見つかるくらいだ」

先生はそう言って軽く頭《かぶり》を振ると、まっすぐに櫻子さんを見据える。

「人間に興味のない筈《はず》の貴方が、なぜこんなにも人の業と欲にまみれた犯罪に固執するのか——それはすべて、いなくなってしまった貴方の弟の事が原因だ。違いますか」

「……だとしたら、何だというんだ？」

珍しく、会話から逃げるように、櫻子さんの方から目をそらせた。

でもそれを許さないというように、磯崎先生は櫻子さんの二の腕を掴《つか》んだ。

「もう充分です」

「……何がだ」

「少女だった九条櫻子では、まだ弱く無知だった貴方では、その答えにたどり着けなかった。だから貴方は生物学者ではなく、法医学者のまねごとをする道を選んだ――でももう充分に時は満ちたはずです」

薄暗く、肌寒く、静かな地下室で、誰かがこくりと息を呑《の》んだ音が聞こえた。

薔子さんでも、鴻上でもなく――そしてそれは僕でもなかった。

櫻子さんだった。

「今こそ、もう一度過去と向き合うべきだ」

先生が低く、静かな声で告げる。

櫻子さんはひどく無防備な表情で、磯崎先生を見ていた。

「………」

でも、僕もそう思う。磯崎先生の言う通りだ。

何がどう重なって、交差し、絡まっているのかはわからない。でも少なくとも、そのどこかは惣太郎君の事件と、繋《つな》がっているように思えた。

何かを解くには、まず、行方不明になった惣太郎君の事件を紐解かなければ。

「……あの子の死は、事故などではなかった。間違いなく、あの子は誰かの手によって、死に至らしめられたと思う」

やがて擦《かす》れた声で、櫻子さんが呟くように言った。

「身内や己を憎みたくない遺族の願望ではない……勿論《もちろん》ずっと自問自答してきた。この違和感は、私も遺族だからなのではないかと――弟を救えなかった罪の意識から、存在しない『犯人』を作り出そうとしているのではないかと、ずっとそう自分に問いかけてきた」

ぎゅっ、と櫻子さんは己の胸元を握りしめる。心臓を、心を確かめるように。

「だが……あの時見たあの車が、本当に事件に関わっているかどうかはわからない――とはいえ、私はやっぱり、あの子の死には、第三者が介在していると確信している」

きっぱりと、静かに櫻子さんが断言した。

僕もそう思う――と、僕も磯崎先生も、その言葉に頷《うなず》きを返した。薔子さんと鴻上も、櫻子さんの言葉を否定しなかった。

「……不思議だな」

ふ、と櫻子さんが微笑んだ。

「子供の頃、私が何度同じ事を言っても、信じてくれたのは叔父貴《おじき》だけだった」

でも、今はもう違うのだ。

櫻子さんが大人になったから——だけじゃない。彼女が学んできたことを、みんなわかっているから。

「当時のことは、私も全て記憶しているわけではないんだ。私は幼く、そもそも教えて貰《もら》えていない事も多かった。だから梅にも協力して貰わなければ」

一度ばあやさんからも話を聞くために、家に戻ると櫻子さんは言った。

「そうね。じゃあ私は、指輪を持っていた箱石さんについて調べてみるわ。今のところは、名前と出身が厚岸《あっけし》という事くらいしか、わかっていないのだけれど」

「厚岸……？」

それを聞いて、櫻子さんがぴくりと眉《まゆ》を震わせた。

「どうかした？　サァちゃん？」

「……惣太郎が行方不明になった日だ。牡蠣《かき》が料理されていた。来客が持ってきてくれたお土産が、ガンガンに入った新鮮な牡蠣だったんだ」

ばあやさんは、そのお土産の牡蠣を、美味《おい》しく料理するのにかかりきりで、その日は惣太郎君を散歩に連れて行けなかったのだと、櫻子さんは眉を険しく歪《ゆが》めて呟《つぶや》くように言った。

「確かに……厚岸と言えば、牡蠣ですね」

鴻上も頷く。彼女も道東に親戚《しんせき》が住んでいるのだ。

北海道で牡蠣の食べられる場所は数ヵ所あるけれど、最も有名な牡蠣の産地は、道東厚岸だと思う。

とろっと濃厚な美味しさが、みっちりと詰まった厚岸の牡蠣は、一缶まるごと食べても食べ足りないほどに美味しいのだ。

「……あの日来ていた来客は誰だったのか、もう一度確認してみよう。もしかしたら……その人物と箱石沙枝に、何か接点があるかもしれない」

そこまで言うと、櫻子さんは「感謝する」と僕らに言った。

そんな風に改まって言われるとくすぐったいし、同時に不安のようなもので胸がざわついた。彼女の覚悟を感じたからだ。

「君たちがいなかったら、私はどこかの時点で、弟の事を諦《あきら》めてしまっていたかもしれない」

不意にその綺麗《きれい》な目が、濡《ぬ》れているような気がした。でも気のせいかもしれない。だって……櫻子さんでも泣いたりする時があるのだろうか？

「いつでももがきあがくのは残された者達だ。私が何をしようとも、惣太郎は戻らないし、母や祖父も戻っては来ない——それでも真実が知りたい。答えが知りたいんだ。あの子がどうして死んだのか」

きゅっ、と櫻子さんが拳《こぶし》を握った。強い決意を表すように。

「何故惣太郎が死ななければならなかったのか——私が今度こそ突き止める」

■弐

　薔子さんはその『箱石沙枝』という人を調べに、一度札幌《さっぽろ》に戻るそうだ。耕治さんと話をすると言っていた。そして『清白』についても、既に人を使って調べてくれているらしい。

　九条家に戻るやいなや、櫻子さんはまず無造作に、部屋の盗聴器を引き抜いて、ゴミ箱に放った。

　そしてばあやさんをリビングに呼び、静かな声でこう告げた——『惣太郎の死んだ日の事を聞かせてくれ』と。

　途端にそれまで笑顔だったばあやさんの表情が凍り付いた。

「……どうして今になってそんなお話を？」

「いい機会だと思ってね」

「そんな……でも……」

　ばあやさんがくしゃっと顔を歪め、泣きそうな顔を、エプロンで覆った。

　今でも惣太郎君の話をするのが辛《つら》いのだ。

　だから櫻子さんも避けてきたんだろう。僕も思わず止めたくなってしまった。

「だが、いつかは話し合うべきだ。このままではお前だって、安心して墓に入る事が出来ないだろう？　今はもう、当時をよく知る大人は梅だけだ。お前が逝《い》ったら、もう誰にもあの子の事はわからないままだ」

「…………」

なんて言い方だと思った。でもばあやさんは一筋だけ涙を頬に伝わせると、気丈にも何かを決意したように、真剣な表情で頷いた。

僕は代わりに二人に紅茶を淹《い》れることにした。

いつにも増して静かな九条家と、雪影のせいで少し暗いキッチン。冬の冷気、火から下ろしてもまだ、微《かす》かに震えるような音を洩《も》らすケトルの溜息《ためいき》と、ティーポットから揺らめく白い湯気。

何故だか僕は今日のこのキッチンを、この先もずっと忘れないような、予感めいた気持ちになった。

これからもずっと変らないであろう――いいや、変らないで欲しい静かな九条家のキッチンを。

冷蔵庫から、神居町の牧場の瓶牛乳を取り出す。縁にうっすらクリームの層が出来た牛乳だ。

ティーポットとカップ、牛乳と共にリビングに持っていくと、櫻子さんと話していたばあやさんが、ゆっくり首を振った所だった。

「確かに道東からのお客様でしたが……けれど、お客様は……坊ちゃまの事と関係はありませんよ」

「何故そう言い切れる？」

「警察の方にも確認されましたが、お客様はずっと、大旦那《おおだんな》様のお部屋で、大旦那様と一緒でした。坊ちゃまに何かできるような、そんな時間はなかった筈《はず》です」

「で、でも、トイレで席を外す事ぐらいあったんじゃないですか？　その間に惣太郎君を攫《さら》って、例えば車のトランクかどこかに隠しておくとか、そういう事は出来たんじゃ？　お土産に牡蠣を沢山って事は、自家用車で来られたんじゃないですか？」

　紅茶をカップに注ぎながら、僕も質問を重ねる。話に夢中で、ちょっとギリギリまで入れすぎた。

「それはそうですけれど……お客様用の駐車スペースは、丁度お台所の窓から見える位置にあります。あの日も梅には、お客様のお車が見えました」

「じゃあ……それは……違いますね」

「だが、共犯者という可能性は否めまい？」

　櫻子さんは僕がカップの縁ギリギリまで入れてしまった紅茶を、器用に零《こぼ》さず、けれど、ずっと少し音を立てて啜《すす》って言った。ばあやさんがきゅっと眉をひそめたのは、櫻子さんの言葉になのか、それとも紅茶を啜ったせいか——後者のように思えた。

「ですが……おかしな素性の方では無かったと思いますよ。確か、道東で保育園を経営されている方だったと思います」

「では、箱石沙枝という名前に聞き覚えは？」

「箱石……？」

　ばあやさんが素早く聞き返した。

　その声は、聞き慣れない名前を復唱したというよりも、はっきりと再確認するようなトーンだった。

「知っているのか？」

「沙枝というお名前の方は存じませんが――ですが箱石という名字の方でしたら」

「来客の名字か？」

「いいえ違います――ケイさんです」

「ケイさん？」

　初めて聞く名前だと思った。でも櫻子さんも、ばあやさん同様に、知らない名前ではないようだ。

「ええケイさん――箱石恵子さん。覚えておいでですか？」

　ばあやさんが確認するように問うた。

「忘れるものか。そうか……そんな姓だったのか」

「どなたなんですか？」

　険しい顔の二人に問うた。

「……うちの元使用人だ。惣太郎がいなくなる前に辞めてしまった」

「クビになったと言うべきです」

「クビ……ですか」

「ああ……母が二度と敷居を跨《また》ぐなと言って追い出したんだ。厳しいが、勉強熱心な人で――そうだ、惣太郎は彼女に絵本を読んで貰《もら》うのが大好きだった」

どこかお母さんを批難するような響きに聞こえたのは、おそらく櫻子さんは、その『ケイさん』の事が嫌いではなかったという事だろう。

それを同じく汲《く》み取ったのか、ばあやさんが短い息を吐いた。

「一点だけ誤解なきようお願いしたいのは、奥様はいつも大変難しい立場におられました。お姉様の薫子様は、何をなさっても優秀で、お美しく、その少し傲慢《ごうまん》な所ですら、ご自身の魅力に変えてしまうような方でしたが――奥様はそうではありませんでした」

そこまで言って、ばあやさんははた、と何かに気がついたように口調を変えた。

「いいえ、けっして何かが劣っていたとか、そういう事ではありませんよ？　薫子様が非凡すぎただけなのです。けれどもそのせいか、大旦那《おおだんな》さまも薫子様を随分贔屓《ひいき》して可愛がられていたように思います。その陰で、奥様はいつもひっそりと努力されておいででした」

必死にフォローしながらも、きっとばあやさんも『薫子さん』の方が好きだったんだろうなと、そんな風に思った。言葉の中に、そういう匂いがした。

「やがて薫子様の代わりにご結婚されて、とうとう待望の惣太郎坊ちゃまをお産みになられた時が、奥様の一番華やかな瞬間だったのかもしれません。元々『子供』がお好きな方ではありませんでしたが、それでも奥様は坊ちゃまを大変大切にしておられました」

ケイさんは、惣太郎君が生まれてすぐに、少し古風な言い方をするなら『乳母』として雇われた人だった。

産後しばらく身体を壊し、寝たきりだったお母さんを、見かねたお祖父《じい》さんが雇った人で、年齢は四十代だったけれど、白髪が多くてもう少し年上に見えた、と櫻子さんは言った。

性格も浮かれた所のない、厳しく真面目な人だったそうだ。

「ただ、そのわりにあまり勤務態度の良い方ではありませんでしたね。何かに気がついても、指示があるまで動いてくださらないというか。それにお手伝いをお願いしても、よく『私の仕事ではありませんから』と断られましたよ」

「本人の言うとおり、『私の仕事ではなかった』んじゃないか？　彼女はあくまで子供の世話をする為に雇われた人だろう？」

「そうですけれど……」

ばあやさんが当時を思い出し、今でも不満だったというように唇を尖《とが》らせる。

けれどそれを、櫻子さんが否定した。

「保育の資格をお持ちでしたから、お仕事中は勿論《もちろん》きっちりとお給金の分は働かれていたと思います。ただ……奥様との相性は、あまり良くなかったように思います。奥様はいつもケイさんの事を『あの人、好きになれないわ』と洩らしていましたから」

そのせいでしょうか、とばあやさんは言った。

雇用主に好かれていなかったし、本人も好いてはいなかったのだろう。

だから彼女は、時間外の事は一切しなかった——帰りがけ、惣太郎君が普段禁じられていたピアノの上によじ登り、遊んでいると知っていても、彼女は注意のひとつもせずに、そのまま帰宅してしまったのだ。

「結果惣太郎はピアノから落ちて、たんこぶを作ってしまった——だが幸い大きな怪我ではなかったし、そもそも目を離していたのは私達も同じだ。彼女が責められるのは筋ではなかったと思うんだがね」

櫻子さんはやっと適量になったと思《おぼ》しきカップをテーブルに置いて、ふむ、と唸《うな》った。

「とはいえ……一言お伝えしてくださっても良かったと、梅も思いますよ。奥様も、大旦那様もたいそうお怒りになって、そのままケイさんを解雇してしまったんです」

当時は今とは少し子育ての感覚が違ったし、特に九条家は一般的な家庭とはスタイルも違ったようだ。

話を聞く限り、櫻子さんのお母さんは直接育児に参加していないようだし、いつ話を聞いても、そこに『お父さん』の姿がない。

櫻子さんが血よりも濃い水と、ばあやさんを肉親のように慕う理由がよくわかった気がする——多分そういう家庭だったのだ。僕の知る『家族』の形と、九条家は違ったんだろう。

　そしてだからこそ、櫻子さんにとって惣太郎君は特別愛すべき存在だったのだ。

「じゃあそのケイさんは、いつ頃九条家をクビになったんですか？」

「…………」

　櫻子さんが少し黙り込んだ。ばあやさんもだ。

「……おそらく、惣太郎がいなくなる一ヶ月ほど前だ」

　やがて櫻子さんが、溜息《ためいき》と共に答えを吐き出した。

「新しい手伝いも見つからず、使用人は梅一人になってしまい、結果的に惣太郎は余計に大人の目が行き届かなくなっていた」

「その人と沙枝さんに何か関わりが？」

「わからない――珍しい姓ではあるが、とはいえ、唯一無二というわけではない。せいぜい親戚《しんせき》筋、基本は無関係と考える方が普通じゃないかな」

「……本当にそうでしょうか」

　櫻子さんはあえて否定したいようだったけれど、僕はやっぱり気になってしまった。

「正直にいうと、何が何処まで偶然なのか、わからないと思うんです。時々何もかもが用意されていたような、そんな気持ちになりませんか？」

　少なくとも耕治さんの父親は、旭川に随分出入りのある人で、物件を何件も所有していたし、仕事をしていく上で、それなりに『綺麗《きれい》じゃない』話もあったと思う――と、薔子さんも言っていた。

金庫の中のお金は、そういう事で作ったお金かもしれないし、そもそも花房に何か関わりがあった可能性がある。

そして惣太郎君もだ。

「耕治の父は画《え》を描くのが趣味で――そして沙枝に出会ったのは、この旭川か。つまり、仕組まれた出会いだったか、もしくは耕治の父親も花房の共犯だったかもしれないと、そう言いたいのか」

「ええ」

「…………」

箱石沙枝と箱石ケイ、清白という画家と伯母の阿菊こと薫子さん。それぞれがまだ点だ。だけどその点の延長線上に、惣太郎君やこの九条家があると、そんな確信めいた予感がする。

その時、会話が丁度途切れたのを見計らったように電話が鳴った。薔子さんからだった。

沙枝さんの事はこれから調べるというので、ケイさんという女性と何か繋《つな》がりがあるかもしれない事を伝えた。

『それよりもまず、清白の事よ』

「何かわかったのか？」

『まだたいした事はわかっていないけれど、龍生に絡むことは、九条のお祖父様から、梅さんも何か聞いているかもしれないと思って』

そう薔子さんが言ったので、櫻子さんは電話をスピーカーにした。

『清白は、龍生の側を最後まで離れなかった弟子よ。当時はまだ若く……東京藝術《とうきょうげいじゅっ》大学を中退後に弟子入りして、その後倒れてしまった龍生の介護をしてくれていたみたい。龍生は脳梗塞《のうこうそく》で左半身に軽い麻痺《まひ》があったの』

「何か聞いたことがあるか？」と櫻子さんがばあやさんを振り返った。ばあやさんは思案するように首を振ってから――そういえば、と口を開いた。

「そういえば……坊ちゃまのお葬式の日、龍生様もいらっしゃってくださいましたが、そのお体を支える、お若い男性がいたような……」

「うん。私もそんな男がいた事を記憶している――龍生が死んだのは、十年かそこら前だったかな」

『ええ。正確には八年前よ』

「八年か……」

櫻子さんが思案するように繰り返した。

『でも、その後はよくわからないの。お祖父様は、彼に龍生の世話を任せていた負い目のようなものもあったみたいで、同じように画家を目指すならと、あの家は彼の好きに使わせていたみたいでね』

龍生氏は伴侶《はんりょ》も子供もいなかった。病身の世話をする身内はいなかった。不憫《ふびん》がった兄が世話をする人間を雇おうにも、気難しい龍生氏は、全て追い出してしまったらしい。

そんな弟の世話を買って出てくれた若い画家に、東藤氏は随分感謝をしていたそうだ。

『龍生自身も、清白の事を随分可愛がっていたのね。結局自分の遺産は清白に全て残したみたい。だから彼はあちこちを行き来して画を描き、冬を避けるようにして、旭川には春から秋に戻って来ていたようよ』

それを聞いた櫻子さんが、「ほう？」と尻上《しりあ》がりの相づちを打った。

「という事は、養子縁組したのか？　それとも遺贈したのか？」

『え？』

「遺産だ。どういう形で残したんだ？」

『あ……』

「どういう事ですか？」

「通常遺産を相続できるのは、近親者のみだ。赤の他人に譲るには、遺言書を作成し、指定した財産を遺贈する形になるんだが、税金などの額も変ってくる。一般的には遺贈より、養子縁組する方が、揉《も》め事も少なくなる——まあ、揉めるときはどんな形でも揉めるんだがね」

そう言う櫻子さんに、薔子さんが『いい所に気がついたわね』と言った。

『どちらにせよ、匿名では受け取れないわ——調べてみるわ。もし養子縁組をしていたら、彼は私の大叔父《おおおじ》の息子になるから、戸籍から追えるかもしれない』

そこまで言うと、薔子さんはふう、と寂しげな溜息を洩《も》らした。

『……お祖父《じい》様がご健勝でいらっしゃったら、どういう事になっていたのか、直接お伺いできるのに』

「仕方がない。私達はわかるカードを切っていこう」

そうだ。時は戻せない。悲しくても。

電話を切ると、櫻子さんは改めて話題を戻した。

「それで箱石恵子の事だが……梅、どういう経緯で彼女を雇うことになったか覚えているか？」

「いいえ。大旦那《おおだんな》様がお決めになったという事しか……」

櫻子さんの母親は、元々子供が大嫌いだったそうだ。

幼い櫻子さんのお世話も、元々ばあやさんに任せたというし、どんなに待ち望んだ惣太郎君といえど、体調不良のまま育てる事は難しいと、お祖父さんは判断した。

とはいえ、当のお母さん本人は、ケイさんを嫌がっていたと言うから、おそらくお祖父さんは一方的にケイさんに決めてしまったのだろう。

週五回、しかも長期に亘《わた》っての雇用だから、ベビーシッターの派遣会社ではなく、個人的に知り合い経由で頼んだことも考えられる、とばあやさんは言った。

「そして来客は、保育園を経営している男と言っていたな？」

「はい。確かそうだったと記憶しております」

「なんという園かわかるか？」

「そこまでは……」

聞いた上で覚えていないのか、そもそも具体的な名称を聞いたかも思い出せない、とばあやさんが首をひねった。

そうだ。確かにばあやさんは家族のような人だけれど、あくまで『使用人』なのだ。来客がどんな人間なのか、いちいち詳しく説明する必要もなかっただろう。

「箱石恵子は保育士の資格を持っていたはずだ。乳母として雇われたのだから当然かもしれないが、とはいえこの符合、やはり何か気になる」

もし箱石沙枝さんと、箱石恵子さんに繋がりがあって、その日九条家を訪ねていたという、保育園の経営者が、同じ厚岸の出身だとしたら――もしかしたら。

「……でしたら、大旦那《おおだんな》様が、連絡先を残しておられるかもしれません」

少し考えるように、ばあやさんは紅茶のカップを両手で包み込むと、やがてそう僕らに言った。

「残しているのか？」

「ええ勿論《もちろん》。この前お嬢様が、大旦那様達のものを全て捨てると仰《おつしや》ったのを、梅が止めて正解でしたよ」

「本当だ。梅、まったくお前のやることは、いつも正しい」

「年の功でございますよ――ただ」

「ただ？」

「大旦那様は、あまり整理整頓《せいとん》がお得意ではなかった上に、ご自分のものを他人に触れられるのがお嫌いで……」

　ああそうだった、と櫻子さんが頭を抱えて唸《うな》った。

「なんとなく分けてはありましたが、住所録やお手紙など、全てまとめていくつも段ボールにしまわれたままなのです」

「ええ……」

「とはいえ、本人が捨てていなければ、その中に連絡先が見つけられるはずだ。よし少年、明日《あした》は百合子と青唇と一緒にここに来たまえ」

　あ、青唇って……。

「せめて蘭香《らんか》って言ってやってくださいよ。彼女のお陰で好美さんを見つけられたんですからね？」

「それは大変です。しっかりお礼して、おもてなししなければ」

　ばあやさんも色めき立った。

　とはいえ、せっかくの冬休みに、こんな事お願いするのは心苦しい――そう思いながらも二人にメールすると、鴻上はともかく、阿世知も「いいよ」と快諾してくれた。

あの阿世知がだ——櫻子さんは改めて不思議で、魅力的な人なのだと、僕は実感する。

僕らはみんなどこかでこのざっかけない、遠慮も言い方も選ばない、櫻子さんのまっすぐな言葉に救われてきたのだ。

たまに腹が立つこともあるし、どうしても好きになれない部分もある。なんでって、悲しくなる時だってある——でも、それでも彼女に、他の誰にも、自分にだって塞《ふさ》げなかった傷口のようなものを、そっと包み込んで貰《もら》ってきたのだ。

だから次は僕らの番だ。

■参

「こ……これが」

九条家の亡き大旦那様は、非常に社交的な人だった。

そこは櫻子さんとは大違いだけれど、偏屈で、あまり部屋の掃除が好きではなかった所は似ている。

つまり、『大旦那様の段ボール』は、僕らの想像よりちょっと多い量だった。

「しかもお嬢様の記憶力は、大旦那様譲りでいらっしゃって、この状態でもご本人はきちんと把握されていたそうですから……」

そんな所は、むしろ似ないでくれても良かった——いや、記憶したんだったら、処分するとか、そういう方法もあったと思うのに……大旦那様め！

「やはり一度、これもしっかり片付けておくんだったな」

櫻子さんが普段使っていないという、二階の納戸に積まれた段ボールを前に、小さく溜息《ためいき》を洩らした。

「すぐに癇癪《かんしゃく》を起こして、全て捨てると言い出すのは、いつもお嬢様にございましょう？」

　ばあやさんが溜息交じりに言うと、僕と、鴻上と、阿世知に宜《よろ》しくお願いします、と頭を下げてキッチンに戻った。

　作業の合間に摘《つ》まめるように、おにぎりやサンドウィッチを作ってくれるらしい。

「休みなのに、朝からすまないな」

　珍しく、櫻子さんが軽く頭を下げて言う。

「まったくよ。九条さんは私にお礼をすべき」

　阿世知が胸を張って見せた。今日は汚れてもいいようにと、珍しく学校の指定ジャージを着ている。なんで指定ジャージかっていうと、「ジャージやスウェットみたいな、もっさりした服、他に持ってないから」らしい。

「勿論だ。欲しい骨があれば言ってくれ」

「はぁ!?　骨!?　いるわけないじゃん——あ、いや、待って。じゃあ、あれ欲しい。黒魔術の儀式っぽいやつ？　鹿の角がついた頭」

「ええ？　それって山羊《やぎ》とか羊じゃないの？」

「え、鹿の方が角がバキーンとかっこいいじゃん」

欲しい理由も理由だけど、鹿の角で儀式って、なんか違わないだろうか？　っていうかそもそもなんの儀式をするつもりだろう？

　でも櫻子さんは、逆にさも嬉《うれ》しそうに「そうか！」と満面の笑みを浮かべた。

「それなら沢山あるし、なんなら君の為に新しく作ってもいいぞ！　君は趣味がいいな蘭香」

「いや、鹿ってさ、多分阿世知が想像する百倍デヵいけど、大丈夫？」

「そうなの？」

「だって立派な角って事は雄だよね？　角だけで八十センチとかあるよ？」

「えええ？　うそマジで!?」

「まあいい。そういうなら試しに持ってきてやろう、自慢のが――」

「もう！　なんの話をしてるんですか！　こんなんじゃいつまで経っても見つかりませんよ！」

「まだはじめてもいないのに！」と、見かねたように、鴻上が声を張り上げた。

　怒られてしゅんとした櫻子さんと阿世知が、「はい」と素直に段ボールに向き合った。

　僕はまず、可愛い鼻息をフンフンと鳴らしている鴻上に、目の前の手頃な段ボールを下ろして渡した。中は紙だけあって、けっこう重い。これは明日筋肉痛になりそうだ。

「この中から、厚岸のものをピックアップしていけばいいんですね」

「そういう事だ」

そうして同じように、櫻子さんと阿世知にも段ボールを渡し、僕も一箱に取りかかった。

中は大事な書類や郵便物は入っていないようだったけれど、逆を言えば大事じゃない郵便物は、みんな入っているようだった。

「保育園でしょ？　私、ネットで調べようか？」

阿世知がバサバサーと勢いよく床に段ボールをひっくり返しながら言った。

「保育園は、未認可の物も含めると多数だ。既に無くなっている場合もある」

「じゃあ、やっぱこっから探すのね……」

お祖父《じい》さんは手紙や写真の他に、俳句のようなものを、大勢とやりとりしている人だったらしい。

四季や時事を詠んだような、一言箋《ひとことせん》や絵はがきも沢山ある。

貰ったものだけでなく、お祖父さん本人が書いたと思《おぼ》しきものも交ざっていて、もうまさに混乱を極めている。

「一応周辺の町——根室《ねむろ》管内、釧路《くしろ》管内の町も含めていった方がいいですね」

僕がそう言うと、阿世知が「えー」と嫌そうに声を上げて、仕分け済みの束にもう一度手を伸ばす。

隣町、隣の市まで距離があるとはいえ、車での長距離移動が馴染《なじ》んだ道民だ。車で一〜二時間の距離は『ちょっと』であって、移動のハードルはごく低い。母さんが「近所のイオンに飽きたから」なんて言って、気軽に出かける名寄《なよろ》のイオンだって、距離にして旭川から八十キロ、車で一時間半かかる距離なのだ。面倒くさいけれど、見つからなくて『またもう一度』は嫌なので、念には念を入れた方がいい。

納戸の入り口、二階の廊下にそれぞれ紙を広げていると、ばあやさんが「あまり根は詰めないで」と、紅茶と焼き菓子を小テーブルに用意してくれた。

「随分交友関係が広いお祖父様だったんですね」

「大旦那《おおだんな》様は、旅をされるのがご趣味でしたから」

ばあやさんが懐かしそうに目を細めて言った。

「花樺会《はなかばかい》という句会にも属されておいでで、お仕事でも、日常においても、大変人の繋《つな》がりを大事にされていらっしゃったんですよ」

「ふーん、じゃあ、そこは似なかったんだ」

誇らしげに言うばあやさんを見て、阿世知が言った。

「旅行は嫌いではない」

櫻子さんが憮然《ぶぜん》と返す。

いや、そこじゃないです。

ばあやさんはお茶菓子に一口サイズのおにぎり、自家製ジャムサンドやタマゴサンドだけでなく、肌寒い廊下で僕らが凍えないように、ポータブルストーブや、定期的に温かいお茶を用意してくれた。

そういったもので胃袋を満たし、身体を温めたりしながら数時間、僕らは段ボールを仕分けた。

「本当にここにあるんだよね？」

「こういった書類は、大体は処分せずに残してあると思うのですが……」

ひと休みにどうぞ、と、小さなカップに、たっぷり生クリームの載った濃厚なホットチョコレートをいれてくれたばあやさんが、阿世知の質問に困ったように答えた。

段ボールは手のついていない箱が、まだ二つ残っている。

「大変だけれど……絵はがきとか俳句とか、そういうのを見るのはちょっと楽しいね」

ホットチョコレートを一口飲んでほっと湯気を吐き、鴻上が微笑んだ。

「ああ、うん。それは確かにそうなんだよね」

「………」

僕も肯定すると、阿世知と櫻子さんは揃って眉間《みけん》に深い皺《しわ》を刻んだ。どうやら二人には響いていなかったようだ。

「私、単調作業とか、ほんとに駄目なんだよね……」

はぁ……と盛大に阿世知が溜息をつく。床にあぐらをかいて、片手にホットチョコ、もう片手で作業という、もうすっかり「やる気ないわー」モードだ。

「んっ」

でもそんな阿世知が、小さく声を上げた。

「あった？」

三人の視線が阿世知に集中する。

「ううん。でもこれ……二人の写真？」

そう言って阿世知が一枚の写真を僕らに差し出した。

それはメリーゴーラウンドの前で並んで記念撮影をしている、まだ幼い櫻子さんと惣太郎君の写真だった。

「こうやって見ると、九条さんも普通に人間の顔してんのね」

「私は元々顔はいい方なのだが」

「そうじゃなくて……お姉ちゃんの顔って事」

櫻子さんは相変わらず無表情に、凛《りん》とカメラを見つめていた。おそらくこっちを見ろとか、じっとしていてとかそう言われて、その通りにしていたんだろう。

そんな櫻子さんに、小さな惣太郎君は恥ずかしいのか、ぎゅっとしがみついている。

櫻子さんは惣太郎君に両手を回して、きちんと弟を庇《かば》ってやっていた。

思わず僕も鴻上も、阿世知ですらふっと口元が緩んでしまう、優しい写真だ。

「これ、どこの写真？」

「ああ……これはおそらく旭山だね」

「旭山動物園も昔は遊園地あったんだ……ねえ、この後ろにいるのが、もしかしてそのベビーシッターの人？」

そう言って阿世知が二人から少し離れた場所で、冷ややかに二人を見る女性の姿を見つけ、指を差した。

「ああ——そうだな、確かこの人だ」

そう櫻子さんは答えると、一応確認するように、「ばあやー」と下に向かって叫んだ。

「普通こんな天使みたいな二人を見て、こんな顔する？」

阿世知が顔を顰《しか》めた。

「確かに……もうちょっと笑ったりしていてもいいよね」

鴻上も頷《うなず》く。

「元々愛想の良い人ではなかったので、いつもこのような感じでしたよ」

呼ばれて二階に上がってきてくれたばあやさんが、苦笑いで言う。今日は二階に立ち入り禁止令を出されているヘクターが、下からうぉん、うぉんと吠《ほ》えていた。

「とはいえ、子供に乱暴する人ではなかったよ。特別好かれてもいなかったとは思うが……昔、手袋をなくして帰った私の赤くなった手を、怒りながら両手で温め、祖父に私が学校で一部の生徒から、不当に扱われているという事を伝えてくれた」

「それって……つまり九条さんが学校で嫌がらせされてたってこと？」

　小学校の頃の櫻子さんの話を聞いたのは初めてだった。でもつまり、阿世知の言うように、櫻子さんは誰かに手袋を隠されるような経験をした事があったという事か。

「私は非凡な生徒だったからね。クラスメイトからも好かれているわけではなかった。蘭香、君と一緒で、私は少々魅力的すぎたんだろう」

　でも櫻子さんは、そう言ってニヤッと不敵に笑って見せた。蘭香がちょっとだけ照れたように、鼻を膨らませる。

「とにかく悪い人ではなかったように思う。少なくと、私達姉弟《きょうだい》には」

　ケイさんが惣太郎を攫《さら》ったとは考えにくい……と、櫻子さんは呟《つぶや》いた。

　確かに不当な解雇であったかもしれない。でも、だからといって子供を攫って殺害する程の事だろうか……とも思う。

　勿論《もちろん》人の気持ちはわからないし、何か凝り固まってしまう事だってある。人の憎悪の花が、どこでどんな風に咲くかは、きっとその人本人にしかわからないけれど。

　でも小学校時代の櫻子さんを守ってくれたなんて話を聞いてしまったら、悪い人には思えなかった。

「誰かに脅迫されて仕方なく……という可能性もあります。騙《だま》されてしまったとか……」

　鴻上が俯《うつむ》き加減で、少し声を抑えるようにして言った。どこか後ろめたさのような響きがあるのは、彼女自身が、亡霊達の声を聞いてしまったからなのかもしれない。

けれどそんな彼女の躊躇《ためら》いが、一枚の名刺を手にした時、一瞬にして吹き飛んだ。

「あ……櫻子さん！　この名刺、違いますか⁉」

「見せてくれ」

櫻子さんの表情もきゅっと一瞬にして引き締まった。

つられるようにしてのぞき込むと、そこには厚岸の住所と『ひので保育園』の文字、そして『日下《くさか》　道久《みちひさ》』という名前が印刷されている。

「梅、どうだ？」

櫻子さんがばあやさんに名刺を渡した。

「……ええ、日下様……言われてみると見憶えがあるように思います」

ばあやさんが緊張したように、表情を強《こわ》ばらせて頷いた。

櫻子さんもだ。珍しく、覚悟を決めるような深呼吸をひとつ。

「電話をしてみよう」

名刺を手に櫻子さんが下の階の電話に向かった。僕も気がつくと息を殺していた。

電話は無事繋《つな》がった。明るい声の女性が出た。

けれど、日下さんに繋いで欲しい旨を伝えると、彼は既に亡くなっていることがわかった。

「ではそちらの職員に、箱石恵子という女性がいなかっただろうか？　もう退職しているかもしれないが、幼い頃、随分昔にお世話になったんだ。可能であれば会ってお礼が言いたくてね」

櫻子さんが、小さな動揺を声に乗せないようにしながら言った。確かに嘘は言っていない。相変わらず嘘も方便だ。

個人情報の取り扱いには慎重な時代だけれど、この言い方をされたら、きっと無下には出来ないのだろう。電話口の女性は、勤めて五年ほどの保育士さんらしく、箱石さんという名前に聞き覚えはなかったが、調べてくれると言ってくれた。

『園長先生だったらご存じかもしれませんけど……』

と言いながらも、それでも昔のアルバムなんかを引っ張り出し、調べてくれるのを待った。肝心の新しい園長は、ちょっとだけ用事があって席を外されているらしい。

日下道久さんは、もう十年以上前に亡くなっているそうだ。一瞬心がざわっと粟立《あわだ》ったけど、事故や自殺といった他殺が疑われるような原因ではなく、病死だった。

今は日下さんの奥さんが引き継いで、園を切り盛りしているというややあって、「確かに以前お勤めでしたね」と返答があった。

「……そうか、いつの事だ？」

『退職されたのは……そうですね、三十年くらい前のようです』

「今、どこにいるかわかるだろうか？」

『ちょっとそこまでは……』

よしんばわかっていたとしても、本人の許可無く連絡先を教えることにも抵抗があるだろう。園長が知っているかもしれないし、何かわかったら連絡差し上げますね、と親切に言って、保育士さんは電話を切った。

「…………」

結局、何かがはっきりとわかった訳ではなかった。あんなに苦労して探し出したのに。

僕らに不完全燃焼の空気が流れた。

「まあいい。とにかく客人だった日下氏と、箱石恵子に接点があったであろう事は、確認出来た。その日下氏が我が家に来た日、惣太郎は行方知れずになった」

そうだ。彼の園で働いていたのだから、ケイさんと日下さんに面識があったことは確かだろう。それが何を意味するかまではわからないけれど。

「あの日……どうして日下氏はわざわざ厚岸から我が家に来たんだ？」

「近くにご用事があるからと仰《おつしや》っていた気がしますが……何分昔のことですし、梅も何でも聞かされていたわけではありませんから」

「ただ、何か特別、大事な用向きがあったわけではなかったと思います」とばあやさん。

でも厚岸から旭川は、距離にして三百㎞以上。車で五時間はかかる。用もなく来るだろうか？

勿論他に何か用があったのかもしれないし、単純に旅行の可能性も否めない。

でもじんわりとした違和感はある。

「あと他に思い当たる事は本当にないの？　例えば前に向かいに住んでた人とか」

ばあやさんがリビングに下げてきた、もう少し乾いてしまったジャムサンドに手を伸ばしながら、阿世知が言った。

やっと僕らがリビングに降りてきて、しかもやっと櫻子さんの電話が終わったのを見て、すっかり喜んだヘクターが、いつもの骸骨《がいこつ》椅子に腰を下ろした櫻子さんを襲う。べろべろと顔に伸びてくる舌に、些《いささ》か辟易《へきえき》としながら、櫻子さんは阿世知に「そうだな」と答えた。

「向かいか……あまり記憶にないな」

「真面目なご一家でしたね」

そうばあやさんが言い添えた。

「次男がヤバい奴だったって、すぐそこのおばあちゃんから聞いたけど」

そう言って阿世知が聞いたという、当時の噂を教えてくれた。

「次男とは、おそらく顔を合わせたこともないな。梅はどうだ？」

「私も覚えはありませんね……」

「それは、櫻子さんだけですか？　それともご家族みんな？」

「さあね。でも向かいはそもそも、祖父に言わせると、『鼻持ちならない』一家だったからね。必要以上の交流は持っていなかったと思うよ」

社交的で人間好きという印象の、九条家の大旦那《おおだんな》様まで、そんな風に言うって事は、よっぽど感じの悪い人達だったんだろう。

「確か、何かあまり聞き慣れないご宗教に入っていらしたので、余計に大旦那様はお関わり合いになられなかったかと」

「じゃあ、その問題を起こしていたという話も知りませんか？」

そう僕が問うと、櫻子さんとばあやさんが顔を見合わせた。

「まぁ……子供相手に怒鳴っていたという噂は聞いていたよ。家の近くに行く時は気をつけた方が良いとね——ただ、実際に怒鳴っているところは見たことがないから、少なくとも頻繁に何かトラブルを起こしていたわけではないと思う」

「とはいえ……そんな人を、惣太郎君が警戒しないとは思えませんね」

「そうなんだ。子供の生きる世界は狭い。警戒心は大人よりも強い」

櫻子さんが深く頷《うなず》いた。

「幼稚園でも噂はたっていたはずだ。あの子が警戒しないとは思えないし、特に当時は恥ずかしがり屋の時期だった」

人見知りが激しいと言うほどではないけれど、初めての場所や親しくない相手には慎重で、照れるような仕草をみせていた、と櫻子さんは言った。確かに遊園地の写真も、櫻子さんに隠れていたっけ。

「あの……」

それまで黙っていた鴻上が、おずおずと声を上げた。てっきり自分を呼んでくれたと勘違いしたヘクターが、わーいと鴻上に飛びつく。

『ここを撫《な》でてください』と、ぎゅーっと押しつけてくるヘクターの首を、わしわしと撫でながら、鴻上は不意に俯いた。

「逆に言うと、警戒しない相手だったとしたら、難しい事じゃないと思います。その……私がいいちゃんを攫《さら》った時は……全然、難しくなかったから……」

鴻上は一時的にだけれど、亡霊達に協力し、いいちゃんを誘拐しようとしたのだ。

「家の近くで、私が車のドアを開けて、中から呼んだんです。『お母さんが大変なの！』って。いいちゃんは驚いた顔だったけれど、私を見て――すぐに信用して車に乗り込んできました。時間は何十秒とかからなかったです」

「…………」

沈黙が流れた。

ただ、は、は、は、というヘクターの息づかいだけがリビングに響いている。

その時、庭にせり出したテラスの覆いから、どどど、と固まった雪とつららが落ちた。

僕と阿世知は、その音に一瞬ビクッとした。

「……だったらさ。もし、攫ったのがそのケイさんだったなら……知ってる人だって安心して、車に乗っちゃったかもしれないよね」

驚いたのを隠すように、慌てて少し早口で阿世知が言う。

「……その否定は出来ない」

櫻子さんが擦《かす》れた声で答えた。刹那《せつな》、電話のベルが鳴って、僕と阿世知はまたビクッとなった。

■肆

突然の電話は、待っていた厚岸の保育園からではなかったけれど、薔子さんからだった。

「何かわかったか？」

『ええ。貴方《あなた》の言う通りよ。相続税の事もあっただろうし、養子縁組していたわ。自分の息子や孫のように溺愛《できあい》していたという話も聞いたけれど、理由はそれだけじゃなかったみたい』

「と、いうと？」

『本名はおそらく滑川清《なめかわきよし》。養子に入る前の実父は滑川正一《せいいち》――阿菊さんの心中相手よ』

辿《たど》った戸籍や、当時龍生の絵画を販売していた画商、兄弟子達から聞いたという、薔子さんの話はこうだった。

薫子さん――阿菊さんはかつて、龍生の許《もと》で絵画を習っていた。

その才能と性格、なにより華やかな美貌《びぼう》は、他の弟子達だけでなく、龍生氏をも魅了したのだという。

阿菊さんもまた、他の誰をも寄せ付けはしなかったが、龍生氏にだけはごく親しげな態度を取ったそうだ。

阿菊さんは基本的には絵画のモデルをやらなかったし、龍生氏もあまり多くの人物画を描いてこなかったけれど、龍生氏の作品の中には数枚、裸婦を描いたものがある。

そのモデルは全て、阿菊さんだった。

実際、二人の関係がどうだったのかはわからないというが、一時はどこに行くにも、彼女を連れて歩いていたという話もあった。

ギュスターヴ・モローのアレクサンドリーヌ、クリムトとエミーリエ、ロセッティとジェーン・モリス――画家の傍らには、しばしば男を破滅に導く運命の乙女《ファム・ファタル》がいるものだ。

阿菊さんはまさにそんな人だったと、当時をよく知る画商が言っていたそうだ。

兄弟子達の話では、確かに龍生氏は阿菊さんを寵愛《ちょうあい》していたけれど、それは花や蝶《ちょう》を愛《め》でるのと同じようだったという。

それはけっして、下世話な男女の関係ではなかったのだと。

まして彼女の父親は、龍生の友人であり、パトロンでもあった。二人の関係は、あくまで冷静なものだったそうだ。

けれどそんな二人の関係が冷え切ったのは、阿菊さんの画《え》が賞をとったのがきっかけだった。

若く美しく、その激流のような才能を弾《はじ》けさせる彼女を前に、芸術家として停滞していた龍生氏は、嫉妬《しっと》から彼女を急激に遠ざけた。

更に彼女の絵が評価されたのは偶然で、この先の見込みはないと、そう彼女の父親に伝えたのだ。

結果、阿菊さんは画家の道を閉ざされ、家を継ぐための結婚が決まった。

そして結納の日、彼女は龍生氏の弟子の中で、彼が一番期待を寄せていた、滑川正一氏と川で入水心中してしまったのだった。

『正一さんは、元々阿菊さんの事が好きだったようだけれど、彼女は振り向きもしなかったの。だから諦《あきら》めて、昔から自分を支えてくれた、幼なじみの女性と婚約した所だったそうよ』

薔子さんが苦々しい声で言った。

気がつくと、ばあやさんは席を外してしまっていた。ばあやさんは薫子さんの事が誰よりも好きだったと聞いた。聞いていられなくなったんだろう。

『櫻子さんによく似た人』の不幸な話は、僕でもなんだか胸がじくじく痛んだ。

正一さんとの心中——それは阿菊さんの復讐《ふくしゅう》だったのだろうか。それとも逃避だったのだろうか。

幸い正一さんは一命を取り留めたけれど、腕に麻痺《まひ》が残り、もう絵筆は握れなくなった。

正一さんの背信を、どう受け止めたのかはわからないけれど、幼なじみの女性は正一さんと予定通り結婚し、すぐに子供が生まれた――それが清さん――清白だった。己が生き残るために、冷たい水底に沈めた愛する人。手の中に残った長い黒髪――先天性乏毛症をもって生まれてきた息子を、彼は呪いだと言った。

一日、一日と育っていく息子を前に、正一さんは罪悪感の暗闇に堕《お》ちた。

そうして我が子が四歳になる頃に、彼は再び川に飛び込み――今度は助からなかった。そしてその悲しみを乗り越えられずに、その三ヶ月後に、息子を残して奥さんも自ら命を絶ったのだった。

『その後、清白は親戚《しんせき》に引き取られて、そしていつからか父親と同じように、画家の道を目指したけれど、せっかく入った大学を中退し、北海道に戻ってきたと聞いて、龍生が引き取ったんですって――彼なりに、思う所があったんでしょうね』

自分の狭量さが、阿菊さんと正一さんの未来を奪い、清白から両親を奪ってしまったという贖罪《しょくざい》の気持ちからか、龍生は清白を手元に置いて、誰より偏愛した。

やがて弟子は一人二人と離れ、龍生自身も病に倒れてからは、龍生と清白、二人きりでの生活だったという。

そして龍生の死後、清白がどこで何をしていたのかは定かではないが、数年前、事故で命を落としてそれきりだという。

「その清白が……花房だというのか？」

　櫻子さんが低い声で問うた。

『わからないけれど、磯崎君はそう言っていたわ。確かに清白には、少し気味の悪いところがあったみたい。ダ・ヴィンチも同じ事をしたと言って、野良猫なんかを解剖してスケッチしたりね』

　それが猟奇的なのか、それとも学術的なのか、僕は答えが出せなかったけれど、櫻子さんも同じだったようだ。

『あと、いつも絵の題材は蝶だったし、蝶の標本を沢山集めていたそうよ』

「とはいえ、決定打に欠けるな……それで、箱石沙枝の方だ。彼女の事で何かわかったことはあるか？」

『ああ、それね。そのことなんだけど……清白にはね、姉がいたようなの。正確に言うと、戸籍上では従姉《いとこ》ね、引き取られた先のお嬢さん。彼女と随分仲が良かったそうよ』

　その上で、これは私の推定なんだけど、と薔子さんは前置きした。

『金庫に残っていた貴金属の一部は、元々龍生のものだったわ。清白は自分の預金口座に、ほとんどお金を残していなかった。龍生の遺産が行方不明になっていたけれど、それを姉に残したんじゃないかと思うの』

　じゃあそれが、あの地下の金庫のお金なのか。

耕治さんのお父さんは、龍生氏のアトリエに出入りしていたから、当然清白と面識もあっただろう——もしかしたら、その姉とも。

清白死後、行方不明になっていた遺産は、姉と、その不倫相手が隠し持っていたのかもしれない。

耕治さんのお父さんと、その恋人だった死蠟《しろう》の女性が。

「つまり清白の従姉、それが『箱石沙枝』——だとしたら、箱石恵子もそこに何らかの関係があるかもしれないな。年齢的に考えるなら……ケイさんは、二人の『母親』、つまり清白の育ての親なのかもしれない」

例えば彼女が三十年前、保育士を辞めたのは、清白を育てる事になったせいかもしれないと、櫻子さんがきゅっと目を細めた。

「じゃあ、やっぱり惣太郎君を殺したのも、花房——清白が関与していたって、そういう事ですか⁉」

「…………」

鴻上がいつもより、ひっそり青ざめた表情で言った。けれど櫻子さんは黙ってしまって、すぐに返事をしなかった。

薔子さんは引き続き調べてくれると言って電話を切った。

櫻子さんは黙りこくったままだった。

「……大丈夫？」

阿世知が心配そうに、作り直したあったかいホットチョコレートを櫻子さんに差し出す。

「大丈夫だ」

カップを受け取りながら、櫻子さんが答えたけれど、大丈夫そうには見えない。

「私達、そろそろ帰りますね」

と、気を遣ったように、鴻上と阿世知が慌ただしくリビングを後にした。

二人がいなくなってしまうと、急にそれだけで部屋が静かに、暗く、寒くなったような気がする。

玄関までお見送りしていたヘクターも、ふさふさとした尻尾《しっぽ》を振りながら、「ちぇー、帰っちゃった」というように、新しい撫《な》で手を求めて、僕の手のひらに無理矢理潜り込んできた。

仕方ないので、骸骨椅子の横のソファに腰を下ろす。

「……惣太郎の葬儀の後の話だ」

そこでやっと、櫻子さんは覚悟を決めたように、ホットチョコレートを一口飲み、擦《かす》れた声でそう切りだした。

「火葬場の帰り、見知らぬ男に、惣太郎の骨が美しかったことを話した」

知らない、と言っても、弔問客の中で見かけた男性で、柔和な物腰の人だったと、櫻子さんは言った。

「今の今まで忘れていたが……当時、私は特別な話をしたという認識はなかったが、おそらく異質であったことだろう」

「もしかして……その男の人が、花房、だったんでしょうか」

「わからない……が、彼がもし惣太郎を殺した犯人で、あの子の葬儀に出席し、私にコンタクトを取ってきていたのだとしたら……なんと悔しいことだろう」

「櫻子さん……」

「そして私は、彼の目になんと奇妙に映っただろう……」

喉《のど》の奥から、擦れた声が、絞り出されるような『悔しい』という言葉が、胸に刺さった。

「仕方ないですよ、それが櫻子さんなんだから」

「……なに？」

「櫻子さんは惣太郎君の事が大好きで——だからこそ、彼の亡骸《なきがら》すら美しく思えた。それは何もおかしいことじゃないですよ。櫻子さんに限っては」

櫻子さんにとって、死は、生の延長線上にある。

彼女が骨に捧《ささ》げる愛情は、けっして死を耽溺《たんでき》しているんじゃなく、生命への賛美なのだから。

とはいえ、確かに常人には異質に見えただろう。そこから花房が櫻子さんに興味を持って、彼女をずっと観察していたのだろうか……。

その時、また九条家の電話が鳴った。

薔子さんが何か言い忘れていたのだろうか、座っている櫻子さんに、そのままで、と手の平で伝えると、代わりに僕が電話を取った。

『先ほどお電話をいただいたとお聞きしました——九条さんの、お宅でしょうか』

「え？　あ……あ、はい。そうです。九条です」

薔子さんだとばかり思って、気を抜き気味に電話にでた僕は、慌てて電話越しなのに姿勢を正した。

電話の主は、不在だったというひので保育園の園長からだった。

『箱石さんとは……いまだに年賀状のやりとりもしていますし、彼女は主人の……同級生だったんです。主人の元気だった頃は、家族ぐるみの付き合いをしていました』

「あ、そ、そうだったんですね」

『それで……九条、櫻子さん、でしょうか』

「え？」

電話はすぐにスピーカーに切り替えているので、音声は全て櫻子さんにも聞こえている。

櫻子さんに振り向くと、彼女は静かに頷《うなず》いた。

「はい、そうです……」

『……以前から、彼女に言われているんです。もし、九条櫻子という女性から連絡が来たら、自分の住所を伝えて欲しいって』

「ほ、本当ですか!?」

『はい――箱石さんはここを辞められた後、ずっと旭川で暮らしています』

■伍

去年の今頃は、入院してベッドの上だった。

あの時の事を思うと、今年は本当に色々あったと思う。

始まりはどこだろう？

櫻子さんと出会った時からだろうか。

だとしたら、悲劇の種はいったいいつ九条家に蒔《ま》かれ、誰の手で育てられたんだろう。

クリスマスが過ぎると、街は一気に年末の空気だ。電話の翌日、先週とはまた違った、普段とは違う匂いの中、僕と櫻子さんは旭町《あさひまち》のお菓子屋さんに寄った後、ひので保育園の園長さんから聞いた、箱石恵子さんの家に向かっていた。

末広の環状線沿いの本屋さんのすぐ裏の、こぢんまりとした古い一軒家だった。

「……本当に行くんですか？」

「朝から何度その質問をするつもりだ？　相手は待っているというのだから、行かない理由はあるまい？」

「そうですけど……」

だって、何度だって言いたかった。

僕はずっと迷っていた。

勿論《もちろん》惣太郎君の死の真相を知って、乗り越える事は必要だと思う。花房の亡霊の手から逃れる為にも。

でも同時に思うのだ。全部——そう何もかも忘れて、なかったことにして、前に進んでしまった方が、本当は誰も傷つかないんじゃないかって。

それが正しいとか、間違いだとか、正直そんな事はよくわからない。

ただ彼女に平穏な人生を送って欲しいだけだ。櫻子さんだけじゃない、惣太郎君の死に関わってしまった、全ての人達に。

だけどそれが敵《かな》わないことだっていうことも、勿論《もちろん》わかっている。

「……罠《わな》かもしれません」

「…………」

「もし何か酷《ひど》い目にあったら——」

或《ある》いは、貴女《あなた》が酷い事をしたら——。

「ただ話を聞きに行くだけだ。それに、本当に彼女が殺したとは限らないじゃないか」

櫻子さんが優しいと思えるくらいの穏やかな笑顔で言った。

彼女のその、凪《な》いだ心に覚悟が見えて、僕は一層心が昂《たか》ぶった。

もういい、やめよう。このままハンドルを別の方角に切って——そうだ、また旭岳にスキーに行こう。層雲峡《そううんきょう》温泉もいい。朱鞠内湖《しゅまりないこ》でワカサギ釣りでも。山を越えてぬかびらでもいい。

駅前の映画館で、大流行のアニメ映画をみるんでもいいんだ。なんでもいい。どこだっていい。

とにかくここを離れたかった。

現実から。悲劇から。

ずっとずっと、遠いところに。

だけど櫻子さんは、僕の願いを振り切るように、車から降りた。

「君は待っているといい」

「いいえ、行きます。そっちの方が、おかしな事は出来ないでしょうから」

相手も、そして櫻子さんも。

危険は承知の上だ。またお腹を刺されるならそれでもいい。それでも僕はある程度は抑止力になれる。

インターフォンを鳴らし、櫻子さんが名前を告げると、園長から僕らが来るかもしれないと聞いていたのか、ケイさんは特に焦ったようなそぶりも見せず、「開いているからどうぞ」と言った。

玄関で迎えてくれなかった理由は、リビングのドアを開けてわかった。

彼女は車椅子に腰掛けていた。

髪は真っ白で、写真の中のケイさんより、顔の皺《しわ》が深くなっている。目元の深い笑い皺のせいか、当時よりもずっと柔らかい雰囲気だった。

けれど——彼女は一瞬僕を見て、驚いたように目を見開いた。

ああ……なんとなくわかった。一瞬僕を、惣太郎君と重ねてしまったのだろう。そもそも櫻子さんは、一人で来ると思っていたのかもしれない。

それでもケイさんはすぐに平静を装うように、「いらっしゃい」と僕らに声をかけてきた。

「久しぶりだ」

「ええ本当に。私の事なんて、貴方《あなた》は覚えていないと思ったのに」

そう言うケイさんに、櫻子さんがお菓子の袋を渡す。雪で濡《ぬ》れて破れないように、二重になった紙袋を掲げるようにして、ケイさんが微笑んだ。

「あら……まるにしの中華まんじゅう……覚えてくれていたの」

「確か好きだったと思ってね」

「あらあら、二箱も」

昔ながらの中華まんじゅう——肉まんやあんまんの類《たぐ》いじゃない、半月形の大きなどら焼きみたいなお菓子で、香りのいい生地に、しっとりとしたこしあんがみっちりと詰まっている。

「貴方もそんな気遣いが出来るようになったのね。お茶を用意するわ。私一人では食べきれないし、貴方もお上がりなさい」

まるで本当に親しい人を歓迎するように、ケイさんが言う。

「茶はいらない。すぐに帰る。長居をするつもりはない」

その勧めを、櫻子さんはすみやかに断った――でも。

「いいや。長居になるはずだ。積もる話もあるだろう」

そう言って、一人の男性がキッチンから姿を現した。

「少年」

咄嗟《とっさ》に櫻子さんが僕を庇《かば》おうとした。逆だよ、と思ったけれど、彼女は僕を無理矢理自分の後ろに下がらせる。

そんな僕らを見て、男性が薄く笑った。その笑顔が、不思議と誰かに似ていると思った。

「……誰だ、お前は」

低く、唸《うな》るような声で櫻子さんが問うた。

初めて会う人だ。でも、確かに誰かに似ている。それに声だ。誰かに――。

「や……山路、さん？」

その時、僕の中でひとつの点が一気に繋《つな》がった気がした。

「だけど……でも、そんな筈《はず》は……」

僕が声を絞り出すと、彼は今度はにっとしっかり口角を上げて笑った。

「さすがに君はわかってくれるんだね、少年。随分メールを送った甲斐《かい》があったよ」

「山路だと？」

「ええ山路ですよ——知らない仲ではないはずだ」

不敵な笑顔を張り付けて、男性が僕らを見た。緊張にカラカラに乾いた舌が、上顎に張り付くのを感じながら、僕は櫻子さんの腕をぎゅっと掴《つか》んだ。

そこに立っているのは山路さん——でも、僕らの知っている、山路輝彦《てるひこ》さんじゃない。かつて花房と関わり、失踪《しっそう》していた山路さんの兄。山路陽一《よういち》さんの方だ。

「ずっと……おかしいと思ってたんだ。あの日、阿世知達に近づいたのは貴方ですね。櫻子さんを逮捕させようとしたのも」

「残念ながら二人は仲間に引き入れ損なったが、君のお陰で逃げた好美を捕まえられたことには感謝しているよ」

「じゃあ、まさか……貴方がphantom……？」

僕が声を絞り出した時、キッチンのケトルから、お湯の沸く音が響いた。

「まあいい。まずはお茶を淹《い》れるよ。四人でゆっくり歓談を楽しもう。積もる話があるからね」

彼はそう言うと、芝居がかった仕草でソファを指し示し、またキッチンに消えた。

僕は今すぐ逃げたかった。

けれど櫻子さんは、きゅっと口を横に結んで、山路さんの消えていったキッチンの入り口を睨《にら》んだ後、ケイさんを見て、そしてどすん、とソファに腰を下ろした。

足と腕を組んで、やたらと偉そうな姿勢が櫻子さんらしい。ケイさんが苦笑いした。

「でも……きっと来ると思っていたのよ。貴方ならいつか私にたどり着くって」

一箱だけ出して紙袋を脇に避《よ》け、買ってきたお菓子の包装紙を丁寧に剝《は》がして畳みながら、ケイさんが微笑む。

「本当に長話をするつもりはない。聞きたいのは二つだけだ——君が清白の伯母《おば》なのか？　そして、惣太郎を殺したのか」

「…………」

けれど、ケイさんは穏やかな微笑みを浮かべたまま、何も言わなかった。

何も言わず、そのままにこにこと笑顔で僕らを見つめるだけだった。

「何故だ？」

櫻子さんが絞り出すように言った。

「どうしてだ⁉　違うなら、違うと言えばいいじゃないか！」

沈黙に耐えられないように、櫻子さんが声を荒らげる。

それでもケイさんは笑うだけだ。

「私達が、君に何をした⁉　不当な解雇を怒っていたというのか⁉　それとも清白に操られていたというのか⁉」

声を軋《きし》ませながら、櫻子さんの重ねる問いも、まるでちゃんと聞こえていないみたいに微笑んだまま、彼女はゆっくり窓を見た。

「雪が……降ってきたわね」

つられて見た窓の外は、確かに大粒のふわっとした雪が、音もなく世界を白く染めている。

優しい雪だ。

優しくて、淡く、脆《もろ》い雪だ。

「…………」

櫻子さんが怒りを堪《こら》えるように、きゅっと唇を噛《か》んだ。

「私はね……貴方の事は責めようとは思わないの。今も、昔もよ」

「どういう意味だ？」

「貴方への憎しみはない……けれどね、その身の罪は許さない」

「私は罪など犯していない」

「そうね。貴方は何もしていないの。本当に可哀相ね。貴方は何も悪くないのよ。でも……そんな事は関係ない。九条家に生まれた。それが貴方の罪」

「何……？」

「貴方《あなた》の罪は、罪深いあの家の娘に生まれた事――原罪よ。お前が初めから持って生まれた罪。けっして赦《ゆる》されることのない、逃れることも敵《かな》わない罪」

そこまで言うと、ケイさんの張り付けたような笑みが、怒りの形に歪《ゆが》んだ。能面のような顔が般若《はんにゃ》に。

「お前の伯母は、私の妹の夫を奪って死なせた。可哀相に妹は悲しみに耐えきれず、命を絶った。なのにお前達はどう？　人の屍《しかばね》を踏みつけながら、善人のような顔をして生きていた。幸せを謳歌《おうか》して」

「だから惣太郎を殺したというのか⁉　そんな不条理な理由で？」

「それが不条理というなら、私の妹と義弟が死んだのは、条理とでもいいたいの？　清は貴方の伯母のせいで両親を失った。だからお前の親から、息子を奪った――何一つ不条理ではない、公平な話でしょう⁉」

「いいや不条理だ！　お前の妹も義弟も、結局自分で死を選んだんじゃないか！　惣太郎のように殺されたわけではない！」

櫻子さんの反論に、ケイさんの顔が更に歪んだ。僕は心臓が握りつぶされたように痛むのを覚えた。

「まさか本当なのか？　本当にそんな理由だというのか……？」

「『そんな』と言い捨てられる貴方には、永遠にわからないでしょうね」

冷ややかな目で、ケイさんは櫻子さんを睨み、櫻子さんは燃えるような目で彼女を睨み返した。

櫻子さんの言うとおり、確かに二人は自らの意思で命を絶ったのかもしれない。けれどその理由を思うと、確かにケイさんの言う事もわかって、苦しい。

同じなんだ、と思った。

結局同じなんだ、二人とも。

櫻子さんは弟を、そしてケイさんは妹を、それぞれ奪われた人達なのだ。

「だからといって……惣太郎に、あの子に罪など無かったはずだ」

「だからなんだっていうの？　私の義弟と妹にだって、罪はなかったわ」

ケイさんがきっぱりと、撥《は》ね付けるように言った。

「……貴方の祖父は、自分の娘のせいで死にかけた義弟をはした金で追い払い、葬儀に出ることもなかった。後を追って妹が死んだ時も。若い二人を自分の娘が殺したも同然なのに。だから私が乳母として家に入っても、気づきもしなかった」

確かにもし、大旦那《おおだんな》様や九条家の人が、誰か一人でもその葬儀に出ていたのなら、参列者の前に立ち、悲しみに沈むケイさんの姿を見ていたとしたならば、家族の前に現れたケイさんの正体に、気づくことが出来ただろう。

もしかしたら彼女には、惣太郎君を任せなかったかもしれないし、改めて謝罪することだって出来たはずだ。

でも——誰もそんな事はしなかったし、できなかった。

「妹は私のただ一人の家族だった。あの子はやっと、正一君と幸せになるはずだったのに……」

　ケイさんが怒りと悲しみに身を震わせ、その瞳《ひとみ》から大粒の涙が溢《あふ》れた。

　櫻子さんはそれでもケイさんをじっと睨んでいた。当たり前だ。だからといって――だからといって、惣太郎君が犠牲になってしまう事も、それはやはり間違いだったと思う。

　傷つけられるのは苦しい。奪われ、壊されるのは悲しくて痛い、許せない。

　でも、だからといって、同じように傷つけ返していいわけじゃない。

「貴方たちが妹を殺した。なのにこの世に貴方たちを裁く法はなかった。誰も私や清を悲しみと憎しみから救ってはくれなかった」

「だから、貴方が自分でやったというのか……？」

「ええそうよ。だから私がこの手で罰してやった――何が悪いというの？　私から一番大事な物を奪った。だから貴方の家で、一番大事な物を奪った。それだけよ！」

「……」

　もし、瞳に魔法の力があるのなら、櫻子さんはその怒りと憎しみで、確実にケイさんを殺《あや》めていただろう――そのくらい憎悪に燃える眼差《まなざ》しだった。

　見ていられなくて、いたたまれなくて、そして彼女がいつか激昂《げきこう》してしまう事が怖くて、僕は櫻子さんとケイさんの間に入ろうとした。

「座っていなさい」

けれど、そんな僕の手を、制するように山路さんが掴んだ。

「邪魔をしてはいけない。これは二人の問題だ」

山路さんはそう言うと、僕を再びソファに座らせ、僕ら一人一人に湯気の立つお茶を置いた。

そうして、櫻子さんとケイさん、それぞれの前に、よく磨かれたナイフも。

二人がはっと息を呑《の》むのが聞こえた。

「な……どういうつもりですか⁉」

けれど山路さんは涼しい顔で、二人を見た。

櫻子さんとケイさん、二人の間に鳥肌が立つような緊張感が走るのがわかる。

銀色の光が、キリキリと空気を張り詰めていくのが見えた。

二人もわかっているようだった。少しでも動けば、弾《はじ》けてしまうと。

やがて長い沈黙の後、ケイさんが細い息を吐いた。

「……ここからずっと見てきたわ。貴方の家が、ゆっくり壊れていく様を」

「だったら、さぞ愉快だったろうね。あの家に残るのは、もう私と梅だけだ」

「そうね……でももっと早く、貴方は私を見つけると思った」

まるで見つけて欲しいというような、そんな言葉だ。いや、実際に彼女は待っていたんだ。ずっと。櫻子さんがここに来ることを。

「……それで？」

「え？」

「それでお前は何を得た？」

「…………」

「復讐《ふくしゅう》は甘いか？　お前はそれで何を得て、この物語にどんなエンドマークを付けるつもりだ？　こんな所で一人私を待って、私に何をさせたい？」

櫻子さんがぎ、と、ローテーブルに右手をついた。湯飲みと、ナイフが揺れて、小さな音を立てた。

「櫻子さん」

出来る事なら、今すぐナイフを取り上げて、どこか遠くにやりたかったけれど、そんな僕の行動ですら、この張り詰めた空気を壊してしまいそうで怖い。

とにかく冷静に、僕だけは冷静でいなければと思った。

「……復讐を蜜《みつ》の味と言ったのは、誰なのかしらね。甘いと思った事はなかったわ。ただ苦いだけ。それに……不思議ね。満たされることもないの。終わりがないのよ」

「当たり前だ。何人に復讐したところで、お前の妹も、私の弟も帰っては来ない」

「そうね」

そう答えると、不意にケイさんがナイフに手を伸ばした。

櫻子さんが一瞬、びくっと身体を震わせた――けれど、彼女は身動きせずに、そのままケイさんを睨《にら》んだ。

深い皺《しわ》の浮いた手がナイフに触れ——そしてずーと音を立てて、テーブルの上を滑った。

ケイさんの前に置かれたナイフが、櫻子さんの前へと。

どういうことだというように、櫻子さんがナイフとケイさんを見た。

「終わりがない。だったら、誰かが終わらせるしかないわ」

「何が言いたい？」

「私が憎いでしょう？　櫻子ちゃん。だったらその手で私を殺せばいい。憎しみのままに」

はっと、櫻子さんが息をのんだ。

「私を殺して頂戴《ちょうだい》。そうすれば、貴方が罪人の家の娘だという証《あかし》になるわ。人殺しの血が、貴方の中にも間違いなく流れているという証明が出来る」

「馬鹿げたことを！」

「馬鹿げてなどいるものですか！　憎いはずよ！　私が憎くて堪らなかったように！　私が貴方の立場なら、今すぐナイフを突き立てて殺してやるわ！　貴方だってそうしたいでしょう⁉」

ケイさんはナイフを握ったかと思うと、だん、と勢いよくテーブルに突き立てた。

焦げ茶色の、木製のローテーブルは、ナイフの先端を容易《たやす》く受け止め、そして勢い余って湯飲みが倒れた。

「…………」

湯飲み茶碗《ぢゃわん》がころころとテーブルを転がり落ちる。

それを追いかけるように、緑茶が木目の上を這《は》い、じゃあじゃあとカーペットに小さな滝を作る。

やがてそれがひた、ひたという水滴に変るまで、二人は身じろぎしなかった。

「……どうやった？」

「何を？」

「惣太郎をだ。聞かせてくれ。どうやって殺した？」

ぞっとするような昏《くら》い声で、櫻子さんが問うた。

「……何もしなかったわ」

「何も？」

「ええ何も――ただ裸にして、三日地下に放置したの。泣いていたのは二日目までだった。三日目には力も無くして大人しくなったわ」

「…………」

ごくん、と櫻子さんが何かを堪えるように、唾液《だえき》を嚥下《えんか》した。

「惣《そう》ちゃんは……いつも寝る時に、真っ暗にすると怖がる子だったわ。それにぬいぐるみが必要だった。小さなキタキツネのぬいぐるみね。あの毛並みを撫《な》でながら眠りにつくの」

瞳を伏せるようにして、ケイさんが思い起こすように呟《つぶや》く。

「大事に可愛がられていたわね。もっとワガママに育ってもおかしくないのに、いい子だったわ。だから……一日中、暗闇に閉じ込められ、寒さと孤独に震えて泣きながらも、私にずっと謝っていた。何が悪いかもわからずに」

皮肉なものね、とケイさんは続けた。あんなにも小さな惣太郎君は、謝る事を知っているのに、大人は誰もその言葉を知らないなんて、と。

「何度も貴方《あなた》の事を呼んでいたわ。『ねーね』『たすけてねーね』って。貴方は可愛げの欠片《かけら》もなかったけれど、でも彼にとっては頼もしい姉だった――でも肝心のあの日は違ったわね。あの子を一人で行かせて、そして助け出すことも出来なかった」

ひゅ、と櫻子さんが短く息を吸うのが聞こえた。

聞いちゃダメだ。

こんな話に、耳を傾けちゃダメだ――そう思って、口を開こうとした僕の後ろに、山路さんが立った。

目の前に、ナイフが二本もあるのだ。だったらどうして三本目もあるかもしれないって、僕は気がつかなかったんだろう？

僕はトレーナー越し、背中に硬い物が押し当てられる感触に、言葉を飲み込んだ。

「本当に私は何もしなかったのよ。ただ暗闇に閉じ込めただけなの。半日、なんの音もしなくなって中を覗《のぞ》くと、彼はもう息をしていなかった」

　だから死因はわからないと言った。飢えと渇きか、寒さか、それとも何か別の理由があったのか。そうして、糞尿《ふんにょう》に汚れた身体を綺麗《きれい》に洗って服を着せ、あの場所に――永山神社の池に、優しく沈めてやったのだと。

　あの場所を選んだのは、神様がいる場所だからだ。せめて彼の魂が迷うことなどないように。

　それに惣太郎君は、あの池が好きだった。もっともっと小さな頃、よちよち歩く惣太郎君の手を引いて、二人が何度も通った場所だった。

　それを聞く僕の頬を、涙が伝った。

　怒りを堪《こら》える櫻子さんの手は、テーブルの上で強く、強く握られて、真っ白になっている。

「……それで、どうだった？」

　やがて、櫻子さんが声を絞り出した。

「それでお前は、楽しかったのか？」

「え？」

「惣太郎は朗らかで、優しい子だった。気難しい貴方の事も慕っていた――そんな幼子が、三日かけてゆっくり死んでいくのを見守って、お前は楽しかったのか？　復讐に血が沸いたか？　その残酷な喜びに打ち震えていたのか？」

今度はケイさんが息を呑む番だった。

「謝って、私を呼ぶ惣太郎の声を聞いて、さぞ愉快だっただろう」

「……まさか！　楽しいはずないでしょう⁉　辛《つら》かったわ。何度も許そうと、中から出して温めようと思ったわ——でも、出来なかった。清の為にも。それにあの子を生かしてしまえば、全てが明るみに出る。裁かれるのは私達になる！」

原罪の対義語は自罪。

櫻子さんが抱いたのが原罪ならば、ケイさんが選んだのは自らの罪だ。

九条家を法で裁くことは出来ない。

裁かれるのはケイさんの方だ。引き返せなかった、その状況はわかる。でも——でも、引き返して欲しかった。

「甥《おい》の為……そんなに甥が大事だったのか？」

「あの子は……清は妹の残した最後の命で、私が子宮ごと失った息子の生まれ変わりのようだった」

「そうか……」

そこまで言うと、櫻子さんはテーブルに刺さったナイフを引き抜いた。

「さ……っ」

ガラン。

咄嗟《とっさ》に呼ぼうとした名前を、ナイフがテーブルの上に転がる音に上書きされた。

「だったら、もういい」

櫻子さんが、ふっと息を吐きながら、ぶっきらぼうに言った。

「……なんですって？」

「攫《さら》ったものの、あの子の身体を直接傷つける事が出来なかったんだろう？　何日も閉じ込めておくのはリスクがある。それでもその方法を選んだのは、貴方が本当に、あの子の死を愉《たの》しんではいなかったからだ。どうしても傷つける事が出来なくて、閉じ込める以外に方法がなかった」

「…………」

「貴方の怒りはわかった。私も貴方が憎い――だが、どこかで断ち切らなければ、これは永遠に続く鎖だ。そして貴方を殺しても、惣太郎は戻ってこない」

そう言って櫻子さんは、自分の手元にあった分のナイフも、ケイさんの方に押し返した。

「だからこのナイフを使う代わりに貴方に求めることは、生きる事だ」

「……なんですって？」

「この先何があっても、間違っても己の命を絶つことなどないように、強く生きる事を誰よりも望む」

呆然《ぼうぜん》と、ケイさんが櫻子さんを見た。

背後で、山路さんが一瞬不満げな息を吐いたのが聞こえた気がした。

「貴方……本気でそんな事を言っているの？」

「当たり前だ。私は冗談など好きではない。貴方はそれをよく知っていたと思うがね」

そう櫻子さんが凛《りん》とした表情でケイさんを見て、言い返した。

「でも私は……私が惣ちゃんを殺した事には間違いないのよ？　どうして？　私が憎いでしょう？　殺したいくらい憎かったでしょう!?　どうして『生きろ』だなんて――」

「黙れ！　当たり前だ！　貴方は今生きているんだ！　生きているからには、生きていくしかないだろうが！」

ケイさんが心底困惑しながら、それでも櫻子さんの怒りを誘おうとした。刹那《せつな》、とうとう我慢の限界だというように立ち上がり、櫻子さんが声を張り上げた。

「蓋《けだ》し生命という物は！　善であろうと、悪であろうと、たとえ生まれながらにして罪を背負おうとも、それもどれも、同じ命だ！

生きて、生きて、生きなければならないんだ！

命の重さの前に尊卑は存在しない。どんな命であろうと『一つの生命』だ。そこに違いはない。そして生まれたからには生きるのだ。

生きるという事が、この世の全ての生物に課せられた使命であり、業であり、本質だ。生物は環境に耐え、苦しみから逃れるために進化してきた。肉体を変えられなければ文化を成長させ、今この瞬間も、病に打ち勝つために研究を重ね、死に抗《あらが》い、強く生きている。生き抜いている。

どんな命も、生きるために生まれたんだ。

だから、貴方は生きるんだ。それ以外の道はない。生まれ変わりなどと言う言葉があるが、私はそれも信じない。死から学ぶ事は多い。死もまた尊い命の行き先だ。今を生きろ。

でもそれは生の終着点だ。その先に駅はない。存在しない駅を目指すな。

生命の前にあるのは理由でも、罰でもない、天命だ。だから貴方はその身の寿命を最大限全《まっと》うし、そして死ね。老いて死ね。ナイフに頼らずにその心臓が止まる日を待て。

私が、伯母《おば》上が憎いというなら、健やかに生きて死ぬ事こそを、我々への復讐《ふくしゅう》にしろ！」

『生きろ』と、こんなにも強い魂からの叫びを聞いたのは、生まれて初めてだった。

それは、本当に激しい、生命力の爆発だった。

櫻子さんは、心底怒ったように真っ赤な顔で、喉《のど》の奥から声を張り上げ、必死に、叫ぶように僕らに語った。

彼女の全身から、生命力が湯気を上げているみたいに、立ち上る怒りが、力が、目に見えるような気がした。

空気が震えた。

僕の心臓もだ。

今までもわかっていた。彼女は骨を愛する人。

でもそれはまさに、生命のまごうかたなき信奉者で、命の奴隷である証明なのだ。

いつだって櫻子さんはまっすぐに『生命』だけを見つめている。

きっとこれからもそうだろう。

だから僕は、櫻子さんが好きなのだ。

善ではなく、悪ではなく、ただ純然と生命の美しさを愛するこの人が。

僕は生きている。

生きている僕を、彼女はひとつ残らず肯定してくれる。

僕が生きているという事を、誰より喜んで、愛して、認めてくれる人だ——残念ながら、それは僕ただ一人ではないのだけれど。


ケイさんは櫻子さんの猛々《たけだけ》しい魂の声を前に、呆然と言葉を失っていた。

櫻子さんは、ケイさんを許さないだろう。でも、完全に赦《ゆる》しているのだ。その罪を。

「どうして……どうしてそんな事が言えるの？」

「決まっている。私は惣太郎を愛していたからだ。憎悪は合理的じゃない。なによりあの子は『生命』の塊だ。あの子が茶毘《だび》に付された夜、惣太郎が沢山の失われた命を率いて、天へと向かう夢を見た。あの子はまさに『命』の王様のようだった」

両手を広げ、櫻子さんは歌うように言った。そんな彼女の後ろに、沢山の標本達の姿が見えたような、そんな気がした。

「だからこそ、私はあの子のために命を奪うような事などしない。たとえ貴方《あなた》があの子を私から奪った人物だとしても。貴方がどんなに憎くとも。そして私は生きる。だから貴方も生きろ」

ケイさんの頬に、ぼろぼろと涙が溢《あふ》れ、滑り落ちた。ケイさんがゆっくりと頷《うなず》くと、その涙はさらに座った彼女の腿《もも》を濡《ぬ》らした——その時、僕の後ろから、パチパチと乾いた拍手が響いた。

「随分立派な演説だ。うっかり私まで涙が出そうになったよ——これだから『君たち』は困るんだ」

山路さんは心底軽蔑《けいべつ》するように、そう後半を吐き捨てた。

「さも美談のように聞こえるが、貴方の言葉には、いつも『人の心』が足りていない」

「……なんだと？」

「人間にとって、どれだけその『生きる』という事が、困難な時代なのか、貴方にはわかっていない。まるで君は野生動物だ。本能と反射神経だけで生きている者に、『人間』の世界は理解出来ないのでしょう」

「お前にはわかるというのか？　所詮《しょせん》『亡霊』のお前に？」

櫻子さんが山路さんを睨《にら》んだ。まるでその盾にでもするように、山路さんは僕の手首を強く握り、自分の身体に引き寄せた。

「『聖霊』と言ってくれないだろうかね？　少なくとも私は、悪の死によって、生を守ってきている」

「聖霊だと？　厚顔無恥にも程があるよ。私に言われるとはよっぽどのことだな」

櫻子さんが薄く笑って言った。

「離してください……痛いです」

僕も言った。山路さんは答える代わりに、更に手の平に力を込めた。

「自分を聖霊だというなら、なんで悪い事をしているんですか？　正義を理由に、いったい何をしているんですか？　花房の目的はなんなんですか……！」

ギチギチと、手首が折れそうなほどの痛みに耐えながら、僕は努めて、痛みを隠すように言った。負けるのは嫌だった。

「目的――は、悪の蠱毒《こどく》だ」

「蠱毒……？」

ぞっと、背筋が冷えた。

かつて捕らえた毒蛇たちを、互いに喰《く》らい合わせた殺人鬼が頭を過《よぎ》る。

「花房は悪しき者達に殺し合わせ、最も邪悪ですぐれた悪魔を作り上げようとしていた――法律で、『正義』で滅せない、世の中の悪を、恐怖と憎悪で支配しようとしていたんだ。たとえ法律が悪人を守ろうと、我ら亡霊達が絶対に許さない。それは悪を以《もっ》て悪を処す陰の法治だ」

正義とは信念の中に存在すると、僕に告げた人がいた。名前も知らない亡霊――それはまさに、この山路陽一さんだったのだと、僕は改めて確信した。

「それが、その悪魔が、花房だというのか？」

櫻子さんが問うた。

「いいや。彼はあくまで毒虫に過ぎない。かつて、美しく、賢く邪悪な人がいた。死んでしまったがね。だが惣太郎君の葬儀の日、花房は貴方に出会った。そして弟の遺骨を美しいと讃《たた》える貴方の中に、阿菊の姿を見た――けれど残念ながら、貴方には悪を憎む心が足りなかったんだ。嫉妬《しっと》と憎悪は、人間を駆り立てる大切な衝動だというのに」

だから生きろ、などと愚かなことを言うんだ、と、山路さんは吐き捨てた。今度は本心のようだった。

「花房は彼女のような、無慈悲な罪の女王を自分の手で作ろうと決めた。清美はそのプロトタイプだった――残念ながら、彼女は誰に従うのも望まずに、檻《おり》から逃げてしまったが、所詮は模造品だ。『阿菊』を継げるのは、やはりその直系にこそふさわしい」

「直系ではない。三親等だ」

ふん、と櫻子さんが不満げに鼻を鳴らしたけれど、山路さんは無視をした。

「ずっと彼は貴方を見守りながら、悪の蝶《ちょう》の蠱毒を繰り返した。思想のない、下卑たる悪を滅ぼし、正義のために刃《やいば》を振るう者達だけ掬《すく》い上げ、『標本士』として手元に残し、賛同者を増やしていった——まあ、『レインメーカー』のように、思想もなく、ただ死体処理技術を買われた者もいるが、我々標本士——亡霊達はみな、悪を憎んでいる」

「お前もか、山路」

「当たり前だ！」

櫻子さんの問いに、山路さんは荒々しく返した。

「くだらんな。お前達は夢を見すぎだ。犯罪者より作家に向いているんじゃないかね？　そういう事は司法に任せるか、政治家に文句を言え」

「なんだと？」

櫻子さんが薄く嗤《わら》う。せっかく話に夢中になって、緩み始めていた手の力が、また強くなった。手首が折れるかと思った。

「人間の心を持たない九条櫻子には、本当の意味で『被害者』と『遺族』の気持ちはわかるまい」

冷ややかに山路さんが言う。櫻子さんの眉間《みけん》に深い皺《しわ》が寄った。

「夢だと？　現実が見えていないのは貴方の方だ。『被害者』と『遺族』は、『今』救われたいんだ！　わかるか？　いつか、ではない、今、今この瞬間に救われたい。長い裁判で認められること、心のこもらない反省の弁が欲しいわけではない。たとえ長い時間をかけて、心底反省したとしても、それでは遅い。今すぐ、今答えが欲しい——明確な、エンドマークを！」

その時、背中に感じていたナイフの感触が消えた——と、思うと、それは今度は、ぴったりと僕の喉元《のどもと》に押し当てられた。

「正太郎！」

櫻子さんが悲鳴のように僕の名前を呼んだ。既視感を感じた——いや、間違いない。二度目だ。多分。僕は十二月に刺される運命なのだろうか。

「その子は関係ない。放せ、山路」

「みんなそうだ。被害者も、遺族も。悲劇は突然襲ってくる。不条理に。そんな現場を何度も見てきた……見て、何もしてやれないままだった。警察官であった時、私は被害者を救えなかった」

冷たい刃の感触が、やがてぴり、としたものに変った。僕の皮膚が刃に屈したんだろう。

思わず喉《のど》にぎゅっと力を込めると、抵抗が増して逆に痛みが強まった。

逃げたかった。痛みから、恐怖から。

でも……僕は逃げないって決めてここに来たんだ。櫻子さんの為に。

「ど……動脈は強い筋だ。切るのは大変ですよ。それに出血が多くて大変な事になる……刺すなら心臓にしてください。じゃないと足の不自由なケイさんが、掃除に苦労することになる。警察官だったなら、その大変さはわかっているでしょう？」

僕は必死に、恐怖に震える声を律した。

悲劇の現場の後片付けを、警察は手伝ってくれない。そういう手助けをしてはくれない。それは日本では、彼らの仕事じゃない。でも、だからって他に遺族を助けてくれる人達がいるわけでもない。

山路さんはそんな僕をちらっと一瞬見て、そして不愉快そうに息を吐いた。

「勇敢だな。惚《ほ》れた女のためにいい格好をしたいというなら、相手が悪い。側にもっとまともな蝶がいるだろう」

「鴻上の事ですか？ 彼女は親友の想い人だし——これはそういう事じゃないです。貴方の言う通り、僕は櫻子さんなんかに惚れたりしませんよ」

「なんか、とは随分だな、君たち」

櫻子さんが憮然《ぶぜん》と言った。

「だが事実だ。たとえこの少年が死んだとしても、君は本当の意味で悲しむことはないだろう。悲しみ方を知らない君は、せいぜいそのまねごとしか出来ないはずだ。涙を流すことだってできないだろう——だが、本当の遺族はそうではない」

山路さんが顎《あご》をしゃくるようにしてケイさんを見た。

ケイさんが怯《おび》えたように身じろいで、俯《うつむ》いた。

「いいか？ 奪われた命は返らない。傷は消えない——遺族が本当に望むのは『痛み』だ、『血』だ。配慮された『死刑』ではない。苦しみだ。痛みにもがき、苦しみぬく、解放ではなく絶望の中での終焉《しゅうえん》だ。愛しているからこそ、犯罪者が憎い。憎悪は愛だ――ナイフを取れ、九条櫻子」

山路さんが言った。けれど櫻子さんは、ハッと笑い飛ばした。

「冗談は嫌いだと言っただろう。お前を殺して犯罪者になるのは御免被る」

「勘違いをするな。お前が殺すのはその女の方だ――殺さなければ、少年を殺す」

ケイさんと櫻子さん、二人同時に、息を吸う音が聞こえた。

「その女を殺せ。阿菊の血を引き、花房に見守られて育った君ならば、悪の支配者になれる。その名を轟《とどろ》かせ、犯罪者から恐怖の抑止力で社会を守る女王になれ！」

山路さんの、ナイフを握る手に力がこもったのがわかった。僕は恐怖に閉じそうになる両目を、必死でこじ開けた。

そんな僕に、櫻子さんは――薄く微笑んだ。

「言いたいことはそれだけか？」

「……何？」

「いやなに、随分と滑稽《こっけい》だと思っただけだ。お前はきっと利用されているだけだ。信念だの、正義だの――君だって私にさっき言ったじゃないか。『私達』は本当に口が上手《うま》いんだよ」

櫻子さんがくつくつくつと、喉の奥で嗤う。

「わかるよ。その『花房』という男は、蝶形骨《ちょうけいこつ》が好きなんだ。まあ仕方ないな、あれは本当に美しい骨だから——善だの、悪だのという事は、それを効率よく集めるための手段にすぎない。お前のような愚直な者の正義感を喰《く》らう毒虫にすぎない」

「違うわ！　清は——」

ケイさんが反論しようとした、が、櫻子さんは乱暴に壁をドン！　と叩《たた》いた。

「完璧《かんぺき》な支配者とはそういうものだ！　聞こえのいい話に君たちはあっさり囚《とら》われているようだが、その男は巣くう場所を全て不幸にし、壊して、死なせているじゃないか！」

そう言うと、櫻子さんはケイさんの喉元をぎゅっと粗暴に掴《つか》んだ。

「君はあの男を育てて幸せになったか？　沙枝はお前の娘か？　彼女は幸福だったのか？　情と憎悪に目をくらまされ、目を背けてきた違和感があった筈《はず》だ！」

「あ……」

がしゃん、がしゃんと乱暴に、櫻子さんはケイさんの身体を揺さぶった。彼女は弱々しい悲鳴を上げ、ギシギシ、車椅子が軋《きし》んで揺れた。

そうして、言葉に詰まるケイさんを突き飛ばすように放した。ケイさんは勢い余って、そのままリビングのサイドボードに車椅子ごとぶつかる。

そんなケイさんを冷たく見下ろしてから、櫻子さんが山路さんを睨《にら》んだ。

「君の信じた『花房』という男は、悪の法治など心から望んでいなかっただろう。滑稽な話だ。本当にそんな事が出来ると思っているのか！」

「……だとしても、もう既に、歯車は回っているんだ！　あの男はもういない！　残っているのは私達亡霊だ！　花房無しでも、私達は私達の正義を全《まっと》うする！　話を聞いたからには二人には選んで貰《もら》わなければならない。協力か、死か。選択肢はこの二つだけだ！」

「いいや、四つだ、山路」

「何を――」

「正太郎君から手を離しなさい。こんな事は成功しない。もう終わりです――兄さん」

その時、僕らの背後から、凛《りん》とした声が響いた。

■陸

「……輝彦？」

「何が正義だ……兄さんのやってる事は、人の道に外れている！」

山路さん――陽一が動揺を隠せない声で、弟の名前を呼んだ。

応《こた》える代わりに、輝彦さんが、怒気を孕《はら》んだ声で叫ぶ。

「もう諦《あきら》めるんだ。この距離では外さない。モデルガンだけれど、この距離で兄さんの頭《ず》蓋骨《がいこつ》を吹き飛ばすだけのカスタムはしてある――昔から、銃の腕だけはいいことを、兄さんは知っているでしょう？」

「……この距離ならナイフの方が強い事も、お前ならわかるはずだ」

「試してみたらいい。きっと今、兄さんの状況は四対一だ」

ほっと、櫻子さんが安堵《あんど》の息を吐いたのが見えた。

そうして彼女は、サイドボードにしがみつくようにして震えているケイさんの許《もと》に、駆け寄った——ああ、そうか。あの不自然な暴力は『陽動』か。

自分の方に注意を向け、そして輝彦さんがドアを開ける音や足音を、誤魔化す為の騒音だったのか。

「盗聴器という手段が、君にしかないと思ったら大間違いだよ、山路兄」

そう櫻子さんは不敵に笑うと、二重にしてあったお土産の紙袋の、袋と袋の間から、小型の盗聴器を取り出して見せた。

陽一さんが、自嘲《じちょう》気味に、はっと笑った。

「でも……お前に、俺は撃てないよ、テル」

「そんな言い方で情に訴えても無駄だ。僕は貴方《あなた》を止めるために警察を辞めた。何が何でも兄さんを止めるためだ。その為なら将来を捨てる覚悟だ——今すぐ正太郎君を放して自首しないなら、迷わず貴方を撃つ」

「そ……そんな……」

僕の全身が、怒りとも悲しみともつかない寒気で総毛立った。

正義とは、何だろう。

櫻子さんに出会ってから、僕はずっと、その事を考えてきた気がする。

子供の頃はずっと、ヒーローに憧《あこが》れた。正義の人に。あの頃、正しい事と正しくない事の境界線ははっきりしていた。

でも今は、正義のヒーロー達が羨《うらや》ましい。

一般人である僕に、『悪』は、あまりにも曖昧《あいまい》すぎる。

ずっと正しい人間でありたかった。

だけどそれ以上に守りたい、櫻子さんに出会った。

僕はまだ高校生で、大人になるにはまだ少し時間が必要だけど、だからといって子供と称するほどには、もう幼い年齢じゃない。

自分の抱えてきた常識や、当たり前だと思っていた世界が、実はそう普遍的ではない事も、僕には薄々見えてきてしまった。

正義感の強い人間でいたかった。

でも今は、その『正義』が、なんなのかわからない。

山路兄弟は、どちらもきっと正義の人だ。

それは初めて増毛《ましけ》の海で出会った時、設楽先生のファイルの中で出会った時に、僕にだってよくわかった。

だから二人とも、警察官になった。

そして今、どちらも正義の名の下に、兄は僕を殺そうとして、弟は兄を殺そうとしているのだ。

僕はいったい、何を信じればいいんだろう。

正義って、いったいなんだ？

これは誰の為の、なんの正義だ？

だってこんな悲しい事があるだろうか。

「……もうやめてくださいよ二人とも！　兄弟なのに傷つけ合うなんて、そんなのは絶対に間違いに決まってるじゃないですか！」

僕、館脇正太郎は、この旭川で生まれ育った。

旭川は、ちょっとばかり閉塞感《へいそくかん》の残る街で、つまりは仲間意識、家族の繋《つな》がりも深いのだ。

それは時には煩わしかったり、息苦しかったりもしたけれど、でも僕は愛されて育った。

三人のお祖父《じい》ちゃんと、二人のお祖母《ばあ》ちゃん。兄さん。そして母さん。

父さんは早くに失ったけれど、でも僕は十分過ぎるほど愛されて育った。

それが当たり前だと思っていたけれど、残念ながら世の中がそうじゃない事は、ＳＮＳを開けば容易にわかる。

家族が、凶器に変わる人生がある事は、僕もよくわかっているのだ。

だからこそ、僕は守りたいと思うのだ。

家族を。

絆《きずな》を。

『家族』の形が、ちょっと普通と違う櫻子さんの側で、沢山の遺族に出会い、壊れてしまう家族を見た。

小さな赤ちゃんを守る為に死んでしまったお母さんがいれば、生まれてくる命を守るために、夫を殺した人がいた。悪に染まった息子を止めるために、家族でその命を奪った人達もいた。

家族の絆は悲しいほどに強い。

逃げようとしてもベタベタと張り付いて、家族の誰かを壊してしまうことだってある。

でも、同時に幸せにもしてくれる。

僕はすごい幸せな子供だ。

家族みんなが大好きだ。

だからこそ、僕以外も守りたいと思った。

避けられない死から、せめて遺族を守れるように、法医学者になる。

決めたんだ。

だから僕の正義はたぶん、家族の愛を、守る事だ。

人間は一人では生まれてくることが出来ないから。

「こんなのは絶対に正義じゃない！ もうやめてくださいよ！ 陽一さん、貴方は自分の弟さんを、殺人犯にするつもりですか？ ご両親を加害者の親であり、被害者遺族にするんですか⁉ 妹と弟を失った悲しい人達の前で、同じ間違いを繰り返すつもりですか⁉ 確かに法律が守ってくれない命はある。今すぐ救われたい人達が沢山いる事も。でも……僕は櫻子さんに出会って、沢山の人達の聲《こえ》を聞いてきた。どんな事にも光と影がある。生と死が対極であるように、正義にも色々な側面がある。真実は一つじゃない、平面じゃない、立体なんだ！」

山路さんの正義はきっと、誰かにとっても正義だ。

でも僕にはそうじゃない。

「心が一つである限り、一つの方向から裁くのは間違いだ。それは正義じゃなくてエゴです！ 暴力で己の信念だけを突きつける貴方は聖者じゃない——ただのエゴイストだ」

「君に何がわかる！」

陽一さんが叫ぶと同時に、ナイフが僕の心臓に突き立てられた。

どん、と強い衝撃が、僕を揺さぶった。

みぞおちに鈍痛が走ると同時に、息が詰まる。

死の恐怖に全身が総毛立った——けれど、それは僕のトレーナーを切り裂いただけで、心臓はおろか、僕の皮膚の内側にも到達しなかった。

「かはっ」

「……何⁉」

「ぼ、防刃ベストくらい、今はEmazonで一万円出せば買えますから！」

ナイフが滑り落ちる音と共に、咳《せ》き込みながら応《こた》えた。

そりゃそうだ。もう既に、僕は去年刺されているんだ。二度も同じ轍《てつ》は踏むもんか！

輝彦さんは、陽一さんの一瞬の隙を見逃さなかった。

二人とも元警察官だ。そして陽一さんより、輝彦さんの方が動き出したのが早かった。

あっという間に陽一さんの腕をねじり上げ、ナイフを落とさせると、彼は素早くそれを遠くに蹴《け》った。

「正太郎！」

櫻子さんが僕に向かって両手を伸ばした。

そこに遠慮なく飛び込むと、彼女は僕を力強く抱きしめて、「良かった！」と笑った。

それは今まで見てきた、櫻子さんのいくつもの笑顔の中で一番、綺麗《きれい》で可愛い笑顔だった。

「ケイさん、警察だ！　早く！」

櫻子さんがケイさんに叫ぶ。ケイさんは大慌てでポケットから電話を取り出した。

後ろを振り向くと、陽一さんと輝彦さんがもみ合いになっている所だった。

「離れて！」

なんとかしようと踏み出した僕を、輝彦さんが制した。

「やめてください！　もう諦《あきら》めてください陽一さん！」

けれど僕の叫びも虚《むな》しく、陽一さんは輝彦さんの持っていたモデルガンを奪い取ってしまった。

そんな、駄目だ！

「撃たないで！　家族なんですよ!?　兄弟なんだ！　人間は誰だって一人じゃない！　どんな人間だって集合体です！　人間の身体が二百六個の骨で形作られているように、人は家族と友人と、そしてどこかで見えないままにつながり合う、沢山の命の塊なんだ！」

「約だ！」

その時、櫻子さんが僕の後から叫んだ。

「……え？」

「二百六個ではない。『約』二百六個だ、少年。人によって誤差がある」

「は……？」

「年齢により癒合の状態が異なるし、尾骨の癒合、肋骨《ろっこつ》、種子《しゅし》骨《こつ》等には個人差がある。赤ん坊に至っては三百以上あって――」

こんな、こんな状況なのに、櫻子さんはこれ以上大事な事はないというような、ひどく真面目な顔で訂正し、僕に説明をはじめた。

本当に、心底、この人はどうかしている。

さすがの山路兄弟も、そんな櫻子さんを前にして、一瞬思考停止したのがわかった。

だけどそれは本当に一瞬で、そして我に返るのは、今度は陽一さんの方が一瞬早かった。

「ぐふっ」

彼は輝彦さんを強く蹴りつけた。

体重をかけて、ソファの方に押しやるように。

「まったく……これだから『君たち』は困るんだ。そうやってまるで呼吸をするように、私達の常識を破壊する」

陽一さんは銃を構えると、そう言って高らかに笑った。それは不思議と、こんな面白い事は他にないというような、晴れやかな笑顔だった。

「だがそこに惹《ひ》かれた。九条櫻子。私は貴方《あなた》に夢を見た。遺族のいない世界を。罪なき人が苦しまない世界を！　貴方が変えてくれる世界を！」

「山路！　やめろ！」

櫻子さんが叫ぶのとほとんど同時に、銃声が響いた。

■漆

街で最も古い神社と言われる、永山神社から大道寺《だいどうじ》、天寧寺《てんねいじ》、妙善寺《みょうぜんじ》と、数百メートルに渡ってカエデやハルニレ、ヤチダモといった古木が立ち並ぶ通りを抜けて、所々に点在している、開拓時代からの古い建物を横目に僕は先を急いだ。

古い通りを歩いていると、やがてこんもりとした緑が僕の目に入った。樹齢百五十年弱といわれるカエデの木だ。同じぐらい長生きのハルニレに、春には見事な花を咲かせる桜の木が、風に揺れている。

そういった巨木に包まれるようにして、やがて白いお屋敷が現れる。全体的な傷み具合から築百年は経っているとわかる、コロニアルスタイルを基調にした木造建築だ。白木の壁とコントラストをなす黒い枠組み、一目で手が込んでいるとわかる出窓。玄関を飾るのは、星七宝という円を重ねた和柄だ。おそらく建築当時は相当モダンだったんだろう、和と洋が混在した、情緒ある建物だ。年月と共にどこもかしこも傷んできているのに、そのお屋敷には不思議な存在感がある。

ともすれば、庭の巨木達に飲み込まれてしまいそうになっているのに、その白さは誰しも目を引かれずにはいられない。このお屋敷の主人である、『誰かさん』と一緒だ。違和感、異彩と共に、そこには危うい美しさがある。

蔦《つた》の絡んだ緑のアーチを抜け、たんぽぽとはこべが隙間から顔を出す石畳を脇にそれて庭に向かう。外から見れば美しい庭は、手入れがあまり行き届いてはいないようで、中は雑然とした様相をしている。蜘蛛《くも》の巣や張り出した枝に引っかからないように庭を進むと、丁度生い茂った木々の隙間、緑の陰が途切れた場所に、『彼女』が立っていた。真白いシャツが、木漏れ日を映してとても眩《まぶ》しい。

　彼女は僕に気がつかない様子で、僕を背にして桜の古木の根元を見ている。女の人にしては少し高めの身長や、本人も自慢のしっかりとした骨格も相まって、櫻子さんはただ立っているだけでも人目を引くし、こういった後ろ姿だけでも絵になる。

「こんにちは」

　彼女が気がつくまで、しばらくそのきゅっと引き締まったお尻《しり》を眺めていようかとも思ったけれど、僕はせっかちな人間なので、結局我慢できずに声をかけてしまった。

「やあ、遅かったじゃないか」

　そう言って振り返り、彼女がにっこりと笑ったので、僕はやっぱり声をかけて良かったと思った。『太陽のような』とか『花が咲くような』とたとえられる笑顔の意味を、僕は彼女の笑顔に教えて貰《もら》った。その笑顔はいつも、本当に太陽のように、花のように、ぱあっと輝くように綺麗で可愛い。夏の日差しなんかよりももっと眩しく感じる。

　お嬢様なので彼女は僕に駆け寄るなんて事はしないけれど、その代わりにじれったそうにとんとん、と足を軽く踏みならした。まるでお菓子を待ちきれない子供のように。

だから急ぎ足で駆け寄るのはいつも通り僕の方だ。

「お待たせしてしまってすいません」

「まぁいいさ。それより、少年に手伝って欲しいことがあるんだ」

「手伝って欲しいこと？」

「ああ、私の力では、少々難儀していてね」

そう言って彼女が顎《あご》を上げて、くいっと地面を指し示した。そこには真っ赤な血の滴る大きなガーゼ袋が、何か大きな物を内包し、桜の木の根元に積み上げられている。

「これは……」

「エゾ鹿だ」

「……また拾って来ちゃったんですか」

「空港からの帰り道に、たまたま道路脇にこれを見つけてね。死んでいたが、見たところ一時間も経っていない様子なので、その場で解体してなんとか積んできたんだが、一人でドラム缶に放り込むのはいささか骨が折れる。私の骨がね。勿論《もちろん》これはあくまで慣用句であって、実際に私の——」

「いや、わかってますから、それ以上説明していただかなくても結構です」

ぐらぐら煮立った庭のドラム缶に、ざぶざぶと鹿の死体を放り込んでからも、櫻子さんは上機嫌で饒舌《じょうぜつ》だった。

僕は一気に疲労感を覚え、彼女とそれ以上会話をする気力が萎《な》え、櫻子さんを手で制した。この人ときたらいつもこうだ。こんなに美人なのに、お嬢様なのに。あんなに素敵に笑うのに。

「わかったから、お茶にしましょうよ」

　こんな時は、何か甘い物で口を封じるのが一番だ。ばあやさんのようには紅茶を上手に淹《い》れられない僕が、代わりに持参したホットチョコレートをご馳走《ちそう》すると、櫻子さんは「これは素晴らしい！」を連呼した。

　驚いたことに、櫻子さんは『インスタントコーヒー』というものを知らなかったらしい。お湯を入れるだけで出来る、このスイスミスのミルクホットチョコレートも然《しか》りだ。

「そうだ、この味だ！」

　甘い物、中でも特にチョコレートが大好きな櫻子さんが喜ぶのでは？　と、買い物ついでに輸入食品の店に立ち寄った僕は、この一杯分ずつパックされた、お湯を注ぐだけのホットチョコを、櫻子さんに買ってきたのだ。どうやらこれは、アメリカにホームステイした時、ホストファミリー宅のお祖母《ばあ》ちゃんが、振る舞ってくれたホットチョコレートによく味が似ているそうだ。

　同じものなのか、それともアメリカのインスタントのホットチョコがみんなこんな味なのかは知らない。でも、櫻子さんが喜んでくれたので、僕も随分気分が良かった。

「そういえば、君は珈琲《コーヒー》が好きだったんじゃないのかね？」

　僕には随分甘すぎるホットチョコレートを、僕も一口飲んでいると、櫻子さんは怪訝《けげん》そうに言った。

「好きって言うか、なんか……飲んでると大人の男の人って感じしませんか？」

「珈琲がか？」

「……友達の家に泊まりに行った時、朝、背広を着て、ブラックで珈琲を飲んでいた友人の父さんを、かっこいいなあって思ったんですよ」

大人への背伸びなら、タバコやお酒じゃないの？　と母にも言われたことがあるけど、そういう背伸びの為だけに、体に悪い物を摂取するのは気が進まない。その点珈琲は眠気覚ましにもなるんだし……と、僕は一時期ブラック珈琲を美味《おい》しく飲める大人の男に憧《あこが》れていたんだっけ。

「櫻子さんが、珈琲の香りの成分は死臭と同じ、なんて嫌なことを言うからですよ」

「事実だ。第一あんな苦いだけのもの、好んで飲もうという君の気が知れないね」

好んで動物の死体を鍋《なべ》で茹《ゆ》でちゃう、貴女《あなた》の気も知れないですよ……と、思ったけれど勿論言わなかった。

だってこのお屋敷は、白い骨達の聖域だ。

ゆっくりあたりを見回すと、くすんだ壁のあちこちに、家具の上に、木製のケースに収められた魚の骨、小動物の骨、たくさんの真っ白な骨が佇《たたず》んでいる。

音の無い世界は、心地よかった。

僕は櫻子さんの吐息と、甘いチョコレートの香りの中で目を閉じた。話すべき事や、話したいことがあったけれど、それはもっと後で良い。この屋敷に、時間なんてものは流れてないんだから。

「もう少し甘い方が良いな」

チョコレートを三分の一ぐらい飲んだ櫻子さんが、物足りなそうに言ったので、僕はニヤリと笑った。

「櫻子さんの事だから、そう言うんじゃないかと思って、実はこっちも用意してたんですよ」

そう言って僕が鞄《かばん》から取り出したのは、瓶入りの真っ白なマシュマロだった。

「おお！　なんと！」

櫻子さんが目をきらきら輝かせ、僕に駆け寄ってきた。うむ、有り難がって下さい、喜んで下さい。なんたってたった十二個しか入ってないのに、一瓶六百円もした高級マシュマロです。心して食べていただきたい。

「あっ」

かぽん！　と小気味好《よ》い音を立てて瓶のふたを開けると、そのふっくらとして白く、丸い塊を、ポイポイ！　と続けて櫻子さんは自分の口に放り込んだ。

「ちょっと！　それ、すごい高かったんですよ！　少しは遠慮とか！　あ！　こら！」

そんな僕なんか何処吹く風で、櫻子さんは更にマシュマロを四つ、ホットチョコレートに投入する。なんてこった、あっという間にもう半分しか残ってないじゃないか。

「はぁ…………」

もう言葉にすら出来ないというように、幸せそうな笑顔を浮かべて、櫻子さんが溜息《ためいき》をついた。

「まったくもう……」

悔しいので僕も二つマシュマロをマグカップに入れると、想像通り尋常じゃなく甘いので、僕は更に後悔した……けれど、まぁいいさ。櫻子さんの笑顔を見ているうちに、僕の怒りはいつものように急速にしぼんでいった。

まだまだ暑い日が続いているけれど、この古く、一年中ひっそりひんやりとしたお屋敷に、この温かいホットチョコレートは、僕らにつかの間の休息に丁度良いぬくもりを感じさせてくれる。

「それで……ばあやさんの具合はどうですか？」

「…………」

「櫻子さん？」

「よくはない」

「あ……」

「だが、急激にという訳でもない。だがゆっくりと、確実に病魔が進行しているだけだ」

「……そうですか」

去年の終わり、箱石恵子さんの家で、山路陽一さんは自らを撃ち抜いた。

彼の死で、色々な事が闇に封じられてしまったのはわかった。

でも幸い——と言えばいいのだろうか、花房の影は僕らの許《もと》から消え去った。

箱石さんは警察に自首をした。

櫻子さんはもしかしたら、それを望んでいなかったのかもしれない。でも箱石さんにとっては、それが罪からの解放だったのだと思う——或《ある》いは憎悪からの。罪を償い、今度こそ自分の人生を生きようと、彼女はそう思ったのだ。

僕らはやっと、平穏を手に入れた——といっても、僕には大事な高校三年生＆受験が控えているのだ。

そこから僕は、毎日怒濤《どとう》のように勉強をはじめた。

鴻上は僕のいい先生でライバルだ。同じ進路を選んでくれたことは本当にありがたい。

そうして春が来て、夏になった。駆け足のように。

その間、ずっと九条家からは足が遠のいていた。

年明けすぐにばあやさんが体調を崩し、一時は札幌の病院に入院していたのだ。

その間は櫻子さんも札幌にいたし、状態が落ち着いて旭川に転院したと聞いた後も、なかなか訪ねていくタイミングを摑《つか》めないまま、時間が過ぎていった。

そんな僕に、今日突然櫻子さんがメールを送って来た。

理由は至って櫻子さんらしく、大きな鹿の標本作りに、自分一人で手を焼いていたからだった。

でも僕は、もうちょっと別の報告なんかを期待していた。

たとえばもうすぐばあやさんが退院するから、一緒に部屋を掃除して欲しいとか——そういう事じゃなくて、内心酷《ひど》くガッカリした。

ばあやさんのいない九条家は、がらんどうで悲しかった。

そしてヘクターもだ。

十一歳を過ぎたヘクターは、なんだか急にめっきり歳を取って、一日の大半を、エアコンのよくきいた櫻子さんの寝室で眠りながら過ごしている。

時間は止まらない。

わかっている。

でも、ほんの一年前の、あの愛《いと》おしい九条家を思い出すと、たまらなく寂しくなってしまって、僕はココアの湯気が、目に染みてしまったフリをした。

「今度……一度お見舞いにうかがえませんか？　ばあやさんの調子のいい時に、短時間でも」

「だめだ」

「なんで？」

「行っても仕方がないからだ」

「仕方ない……事は、ないと思うんですけど」

そんな風にきっぱり撥《は》ね付けられるとは思っていなかった僕は、そんな櫻子さんのキツイ口調に、ちょっと、いや、だいぶショックを受けた。

思わずそれ以上の言葉を継げなくなって、俯《うつむ》いた僕を見て、櫻子さんは静かに頭《かぶり》を振った。

「そういう事じゃない。来るなと言っている訳ではないんだ……ただ、認知症なんだ」

「え……？」

「随分進んでしまってね。最近は私の事を伯母《おば》と間違えたり、他人のような顔をする時もある」

「そんな！　なんでもっと早く言ってくれなかったんですか！」

嘘だ。

そんな、ばあやさんが？

あんまりショックで、ショックすぎて、思わず語気が強くなる。

「半年前はそこまで酷くなかったが、とはいえ物忘れなどの片鱗《へんりん》は、年相応にあった。入院後、術後のせん妄などもあったし、生活も普段とは違う。気がついた時には随分進行してしまっていたんだ！　それに、君の学業の邪魔はしたくない！」

「でも、勉強の合間にくらい！」

お互い身を乗り出すようにして、怒鳴り合うように言い合ったのは、あんまり悲しい事だったからだろう。

僕の目から、ぶわっと涙が溢《あふ》れるのを見て、櫻子さんははっとしたように、イスに座り直した。

「……そうかもしれないが、健勝だった梅ならば、君に来るなと言っただろう。それに今になって思う。私もきちんと学べば良かったと。自分一人で学べばいいと思っていた。誰に習う必要もないと。だが限界はある。学ぶには環境も必要なんだ。磯崎の言うように、この天才九条櫻子は、世界的に高名な学者になるべきだった」

わざと仰々しい言葉を選んで、笑いを誘うように言ったけれど、これは櫻子さんの本心なのだろう。

従うべきなのはわかっていた。でも。

「だから君は精一杯、ちゃんと学びなさい。それが私と、そして梅の望みだ」

「わかってますよ。でも……それとは別に、大事な物もあります。たとえどんな姿でも、僕がわからなくても、それでもこのままばあやさんに会わないまま、何も、なんのお礼も、大好きだって事も伝えられないまま見送るなんて嫌だ！」

勿論《もちろん》勉強だってやる。でも一回や二回のお見舞いが、その妨げになるようには思えない。

いや、むしろこのままでいる方が、気になって、悲しくて、勉強の妨げになりそうだ。

「それに櫻子さんは、また僕に悔しさを残させるんですか？　おばあちゃんのプリンみたいに？」

　ぐすっと、僕は洟《はな》を啜《すす》った。櫻子さんはティッシュの箱をずい、と突き出し、そして「水分だ」と言って、飲みかけの自分のホットチョコレートを差し出してきた。

「でも……そうか。梅はもう、君にとっても『おばあちゃん』だったんだね」

　櫻子さんは静かに、寂しげに、囁《ささや》くように言った。

　とうとう「ううう」と、嗚咽《おえつ》を隠せなくなった僕を見て、櫻子さんが優しく微笑む。

　大きな手が、僕の頭をよしよしと撫《な》でた。

「そうだね、それは悪かった。今から一緒に行こう」

　ばあやさんの入院している病棟に着くと、櫻子さんに気がついた看護師さんの一人が、ナースセンターの中からにっこりと笑って、小走りに駆け寄ってきてくれた。

「今日は朝からお元気でいらっしゃいますよ」

「そうか。いつもありがとう。大変感謝しています」

　珍しく礼儀正しく、櫻子さんが頭を下げる。看護師さんはちょっと頬を赤らめて、「いいえ～」と首を振った。

　でも櫻子さんは本当に感謝しているのだろうと思う。心の底から。大事なばあやさんのお世話を、毎日してくれているのだから。

　でも、今日は元気と聞いて、少し安心した。

具合が悪い姿は、僕も辛《つら》くて見ていられないし——もしかしたら、認知症の方も少しは調子がいいかもしれない。

やがて病棟の奥、綺麗《きれい》な個室にたどり着くと、櫻子さんはドアを開ける前に、一瞬だけ確認するように僕を見た。

大丈夫です、と頷《うなず》きを返す。

大丈夫。どんな覚悟も出来ている。

「やあ梅、具合はどうだ？　今日は少年も——」

ドアを開け、ベッドにちょこんと腰掛けてTVを見ていたばあやさんに、櫻子さんが努めて明るい口調で声をかけた。

「……梅？」

でもばあやさんは返事をしなかった。

返事をせずに——そしてまっすぐ、じっと睨《にら》むように……いや、驚きを隠せないように、目をまんまるく見開いて、ただ僕を見ていた。

「あ……お久し、ぶりです」

やっぱり、僕のことも忘れているんだろうか。

覚悟はしていたけれど、ショックに心が揺さぶられるのを感じながら、それでも頑張ってばあやさんに笑いかけた。

そうしなきゃ泣いてしまいそうだったからだ。

でも、ばあやさんはそんな僕の声を聞いて、「おおお……」と唸《うな》るような声を上げた。

「ばあや、さん？」

それは、うなり声ではなく、嗚咽だった。

ばあやさんの両目から、滝のように涙が溢れ、彼女がぶるぶると身体を震わせながら、僕に向かって両手を伸ばしてきた。

「惣太郎、坊ちゃま」

「あ……」

はっとしたように、僕と櫻子さんは顔を見合わせた。そんな僕に、ばあやさんがよろよろとしがみついてきた。

すごい力だった。

病身の、年老いたばあやさんとは思えないくらい強い力。

それだけ、彼女が僕を強く抱きしめて、離したくないのだというのが嫌というほどわかった。

「坊ちゃま、梅はずっと……坊ちゃまをお捜しして……」

「梅！　何を言っている。この子は！」

「待って！　——いいんです」

「何を言って……」

「いいんですよ……そうだ、これで……これでいいんです」


——ああ、そうか。

その時、僕は唐突に理解した。


時に人間には大事な——そう『運命』のような出会いが用意されていて、それは時には自分の為だけではなくて、誰かを救い、幸せにする為の大切な役割の時もある。

人と人の人生を動かすための関節のような。

そうだ。

ずっと僕は、僕の人生のために、彼女に出会えたのだと思っていた。

僕が僕の人生を、その道を見つけるための、そういう導《しるべ》なのだと思っていた。

でも……本当はきっと、この時の為だったんだ。


「——そうだよ梅、いったいいつの話をしてるの？　僕が迷子になったのは、もうずっと昔の、幼稚園の頃の話だよ」

「正太郎……？」

「いやだなあ、姉さんまで。二人とも一生言うつもりだよね。あの日はちゃんと梅と姉さんが神社まで迎えにきてくれて、一人で出かけた僕を、お祖父《じい》様と一緒にこっぴどく叱ったじゃないか」

「おお……そうでしたか……梅はずっと、坊ちゃまがいなくなられたと……梅のせいで……あの時、私がご一緒していれば……」

「あの日はそのかわり、美味《おい》しい牡蠣《かき》フライを作ってくれただろ？　いいんだよ。もう昔の、全部昔の、終わったことだ。梅はずっと僕らの側にいて、ちゃんと僕らを大人にしてくれたんだ」

「そうですか……そうでしたか……」

「そうだよ——梅。悪い夢は、もうみんな終わったんだよ」

不思議と、言うべき言葉がスラスラと口から流れ出た。

考えるよりも先に。

もしかしたら、僕の中の、別の誰かがそうさせたのかもしれない。もし、幽霊とか、そういう存在が本当にいるならだけど。

「だからこれから梅は、自分が元気になる努力をしなきゃいけないんだよ。姉さんの好き嫌いに、僕は毎日振り回されて大変なんだからね」

「まあ！　お嬢様、また甘い物ばかり召し上がっているんですか！」

そうやって話を振ると、櫻子さんは一瞬ひゃっとびっくりしたように肩をすくめ、そして困ったように「ああ」と頭の後ろを掻《か》いた。

「べ、別にいいだろう！　ダメだというなら、早く戻って来て、お前が私の世話をしないか」

ふん、と櫻子さんが鼻を鳴らし、偉そうに胸を張る。

「ほらね。この通りだよ。僕の苦労がわかったろ？」

「なんて事でしょう。こんなのうのうと、寝ている場合じゃございませんね」

「僕も早く梅のご飯が食べたいよ」

「わかりました、こんな病など、梅はすぐに治してしまいます！　昔から健康だけが取り柄ですから！」

そうして僕らは小一時間、なんだか不思議な時間を過ごした。

ばあやさんは手を離してしまったら、まるで『惣太郎君』がいなくなると思っているみたいに、ずっと僕の手を握って離さなかった。

他愛ない話を繰り返し、やがてばあやさんが疲れたから横になると言うまで。

病室を後にするなり、櫻子さんが僕の腕を摑《つか》んだ。

「正太郎」

「……すみません、勝手に……惣太郎君のフリなんて」

「何を謝る。謝るのは私の方だ」

君にこんな役目を押しつけてしまった――櫻子さんは、とても申し訳なさそうな顔をした。

「でも、惣太郎君の思い出を、僕が壊してしまうんじゃないかって」

「……いいや、そんな事は無い。あの子は唯一無二だ。むしろ久しぶりに梅の嬉《うれ》しそうな顔が見られた。感謝している……本当だ。君のお陰だ」

「だったら、この先も続けさせて下さい」

「え？」

「このまま『惣太郎君』として、しばらくお見舞いに通わせて下さい。ちゃんと勉強はします。受験に支障はないようにしますから」

僕はばあやさんが大好きだ。

ばあやさんのお陰で、色々な思い出が出来たし、沢山美味しい物を食べさせて貰《もら》った。

ばあやさんの助言に、救われた事もあった。

少しでもその愛に応《こた》えられる方法があるなら、僕は何度だって『惣太郎君』になる――

――たとえばあやさんが、『正太郎』を忘れてしまったとしても。

「……初めて君を見た時は、もっと幼く、臆病《おくびょう》な子供のようだった」

「ええ？　でももう身長だって、僕の方が上ですからね」

「確かに……君はもう、『少年』ではないんだね」

櫻子さんはそう言うと、僕の両頬を両手で包み、僕を見上げた。

その目に、涙が揺れるのを見て、僕はとても動揺した。

けれど、彼女は涙を流しはしなかった。

流す代わりに一度だけ手の甲で顔を拭《ぬぐ》い、そして微笑んだ。

「君の迷惑でないなら、私からもお願いしたい。こんな私でもね、最後くらい、梅には孝行してやりたいと思うんだ。勿論《もちろん》、勉強の妨げにならないようにだ」

「どんとこいですよ、『姉さん』」

それからしばらく、僕はばあやさんの病室に、『惣太郎君』として通うようになった。

看護師さんたちも、みんな僕を『弟の惣太郎君』として扱った。

先生からの説明に、櫻子さんは僕を同席させるようにもなった。

そうして初めて気がついた——櫻子さんも本当は不安だったのだ。ばあやさんを一人で見送らなければならないことが。

だから僕は、ばあやさんに寄り添って、少しずつ進んでいく病状を見守りながら、毎日のように病室で勉強をした。

ばあやさんにとって、僕は完全に『惣太郎君』だったけど、僕もきっと人の事は言えなかった。

ずっと心残りだったのだ、死んだお祖母《ばあ》ちゃんに、もっともっと寄り添ってあげられなかったことが。

人生のやり直しが出来る機会は、きっとそう多くない。

これが本当に正しい事なのか、そうじゃないのかはわからないけれど、僕はせいいっぱい『おばあちゃん』を愛した。

そうして、『惣太郎坊ちゃま』という名前が、もう一つの自分の名前のように、しっくり感じるようになった頃、旭川に例年より少し遅い初雪の便りが届いた日、ばあやさんは眠りについた。

櫻子さんは、それでも泣かなかった。

最後の最後まで、彼女は気丈だった。

だからかわりに、僕が泣いた。たくさん泣いた。二人分。

寂しいけれど、悲しいけれど、でも――もうきっと大丈夫だ。

もう苦しい思いをしないですむし、天国には本物の惣太郎君が待っていてくれるから。

本物の彼にバトンタッチだ。

こうして僕は、館脇正太郎に戻った。

でもそれは、僕と櫻子さんとの時間の終わりでもあった。

「直江《なおえ》がしばらく、海外で任務に就くことになったんだ。それで――私も一緒にいかないかと、そう言っていてね。それで磯崎に相談したら、彼の大学時代の友人が、私も何度も論文を拝見している法人類学者のラボにいてね」

残念ながら日本で法人類学の研究をしている大学は、ごくわずかだ。だからしばらくの間、そこで勉強させて貰えることになった——と、葬儀の帰り道、櫻子さんが喪服姿で微笑んだ。

思えば『真っ黒』な服を着る櫻子さんを見るのは初めてだ。

でも、前に櫻子さんが言っていた。黒は喪の色だけれど、同時に『生きたい』という気持ちの込められた色だ。

「寂しくなりますけど——僕も櫻子さんは、ちゃんと研究者になるべきだって、そう思います。磯崎先生じゃないですけど、櫻子さんはいつかきっと、人類を驚かすような研究結果を発表するんじゃないかって気がします」

「ははは、まったく君たち師弟は大袈裟《おおげさ》だな——でも、感謝している。君と磯崎、二人に会って、背中を押して貰わなければ……私はきっと、ずっとこの場所に留《とど》まったままだったかもしれない」

「……戻っては、くるんですよね？　旭川に」

「それはね。そのつもりではあるんだが……」

「だが？」

「この家は、もう手放そうと思って——」

「そんな！　駄目よ！」

そう言った櫻子さんを必死で止めたのは、僕ではなく一緒にいた母さんだった。

「家っていうのはね、それそのものが歴史なの。家族の一人一人の人生がたっぷり染みこんだ、この世に一冊きりの分厚い本のような物よ。貴方《あなた》は確かに、何かに後悔をしない人かもしれないけれど……それでもいつか帰ってきたかったと、この本の続きを記したいと、そう思う日が来るかもしれないでしょ」

「だが」

「経済的な問題だというなら相談に乗るわ。確かに家の維持にはお金がかかる。特に人の住まない家は傷んでいくしね。でも、その辺のことは私が力になれる」

「母さん……」

「人に貸してもいいわ。ちゃんとこの家を大事に出来る人を選ぶし、そうじゃなくても私がきちんと管理してあげるから――だから、手放すのはもう少し考えた方がいいわ」

「…………」

熱心に告げる母さんに、櫻子さんは驚いたようだったけれど、黙って話を聞いていた。母さんだってきっと本当はわかっている。今の櫻子さんに、あの九条家はあんまり寂しすぎて、重くて耐えられないのだと思う。

悲しい思い出と共に、あの家を手放してしまいたかったんだ。

でも僕も思うのだ、きっと櫻子さんも、またあの家に帰ってきたい時が来る。

あの白いお屋敷に。

あの白く古い家は、彼女が愛してやまない標本のようだ。

時を超えて、命を伝えていく場所だ。

だから必ずいつか戻るだろう。櫻子さんも、僕も。

またみんな集うのだ。

あの沢山の命を吸って咲く、美しい桜の木の下に――。


「――わかった。じゃあ、貴方に委《ゆだ》ねよう」

櫻子さんにしては、充分過ぎるほど時間をかけて思案してから、漸《ようや》く口を開いた。

母さんがにかっと笑った。僕もほっとした。

「それと他にも何か困った事があったら……いいえ、なんにもなくたって連絡していいのよ。梅さんには正太郎が散々お世話になったんだから、恩返しをしなくてはね――気をつけていってらっしゃい。いつでも遊びに来ていいからね」

母さんの言葉に、櫻子さんは驚いたように瞬《まばた》きをした。

「私は……貴方には、好かれていないと思っていた」

「そうね。でも――仕方ないわ。しがらみって奴ね。人間にはね、好きとか嫌いよりも、もうちょっと向こう側の絆《きずな》があるもんなのよ」

「そうか……不思議だな、私は人の縁だとか、そういうものとは無縁の人生を送るのだと、そう思っていた。だが――あの日、私が猟奇殺人鬼だと誤解して、通報してきた少年のお陰で、私はこんなにも色々な縁を手に入れたんだね。それは蝶《ちょう》だって、遠い国で嵐も起こそう」

ははは、と櫻子さんが声を上げて笑った。

その時、空の向こうで、蝶が羽ばたいたのが見えた気がした。

でもそれはよく見ると落ち葉だった。

「あ……雪だ」

見上げた空から、ちょうどふわふわの雪が舞い降りてきた。

ぽそ、ぽそと降り注ぐ大粒の雪が、まるで桜の花びらのように風に吹かれる。

それは確かにばあやさんを見送るにふさわしい日で、優しくて、悲しい一日だった。

■終

「なんかさ、こうやって集まるの久しぶりな気がするわあ」

旭川空港横の公園で、阿世知がいつもよりちょっぴり落ち着きのない足取りのまま、嬉《うれ》しそうに僕らを振り返った。

「ねー。ちょっと嬉しいし、寂しいね」

そう応じる鴻上も、なんだかいつもよりソワソワしている気がする。でもその理由はなんとなくわかった。

「結局……みんなバラバラだもんな」

そんな中で唯一というか、相変わらずいつも通りに顔色の変らない今居《いまい》が言った。

「今居は札幌、阿世知もだよね？」

「今居はともかく、私は元々出身札幌だし、それに札幌っていったって広いから、学校違ったら、偶然会う事だってそうそうないでしょ」

阿世知が肩をすくめて言った。

「私は旭川医大だから、二人とも旭川来たら必ず遊ぼうね」

そう言って鴻上が、ぎゅーっと阿世知を抱きしめた。

「僕は杏森《きょうしん》大学……すごい悩んだんだけどね。旭川医大の法医学講座は、ＤＮＡ鑑定技術が極めて進んだ大学だって聞いたし。札幌で青葉さんや設楽先生に教えを請う事も考えたし」

「杏森大学……東京かぁ。館脇みたいな田舎者が大丈夫？」

「三鷹《みたか》だっけ？　館脇君、満員電車降りられなそう」

「そもそも、正太郎は乗れなそう」

「確かに……」

「いや、三人とも言いたい放題だな」

でも僕も本当はちょっと、僕に東京暮らし大丈夫かな？　って不安になっている……。

東京は怖い街だべさ。

「でもかならず、旭川に帰ってくるよ。この街は、僕の生まれた街なんだから」

そうこう話しているうちに、約束の時間が来たので、僕らは空港に向かった。

既に空港についていた磯崎先生と内海さんが僕らに向かって手を振る。

でも、肝心の二人は待てど暮らせど姿を現さなくて、本当にギリギリにやっと空港に飛び込んできた。

櫻子さんは——僕が初めて彼女を見て、その姿に憧《あこが》れた時のような、真っ白なワンピースに身を包んでいた。

「まったく、お沢さんがいないと、こんなに大変なのかと今から心配だよ」

旅立ちの初日から、既に櫻子さんにげんなりしたように、在原さんがボヤいた。

「案ずるな。慣れていないだけだ。こう見えて私は、順応力の低い女ではない」

「協調性もないけれどね」

謎の自信に胸を張る櫻子さんに、磯崎先生がポツリと呟《つぶや》く。

「どこにいても本人は困らないで、周囲が困る気がするけど」

阿世知も容赦がない。

「お前達、言いたい放題だな」

櫻子さんが顔を顰《しか》めた。

「なんでもいいですが、紹介した僕の顔に泥を塗らないで下さいね」

「逆にその鼻を高くしてや……うぐっ！」

さも嫌そうに言う磯崎先生に、不敵に言い返した櫻子さんだったけど、言い終わる前に、どっすんとその胸に、鴻上が飛び込んだ。

「気をつけて行ってきてくださいね！　私、ずっと待ってますから！」

もう我慢の限界だというように、鴻上がうわあああんと泣き声を上げる。

「そんな大げさにしなくても、YOOM で顔見てオンラインで話したり出来るじゃない……」

ヤキモチなのか、それとも本当に引いているのか、阿世知が引きつった顔で言った。

「だけど触れないし、時差もあるし！」

「長い休みの時に遊びに来たらいい。いつでも歓迎す――」

「絶対行きます！」

在原さんが言い終わる前に、鴻上がかなり食い気味に返事をする。

「えー私も行きたい。じゃあ、夏休みはニュー九条さんち集合ってことで」

うん。確かにそれは魅力。

なんて思いながら、鴻上達を微笑ましく見ていると、内海さんがトントン、と僕の肩を叩いた。

「しょーちゃん」

「はい？」

「さっきからずっと大人しいけど、大丈夫？」

「え？　だってまあ……別に今生の別れって訳でもないし」

それに、正直何を言えばいいのか、よくわからないし。

「でもこういう時こそ、『改まって』っていうのも大事だよ。人間何があるかわからない。後悔しない為にもね、『改まる』チャンスって大切にした方がいい――ほら！」

いよいよ搭乗手続きをしなければ、という時間になって、そろそろ……と言っていた二人の許《もと》に、僕はほとんど強引に押し出された。だから、何を言えって……。

「あの……」

「少年……大学合格おめでとう」

「え、あ……こちらこそ。留学おめでとうございます」

「しかし……いつまでも子供だと思っていたのに。死体を見ては嘔吐《おうと》していた君が、本当に法医学の道に進むとはね」

ははは、と櫻子さんが声を上げて笑う。確かにそうだ。

世の中は、本当にわからないものだ。

「…………」

でも、そこまで言うと、会話が途切れてしまった。二人ともなんだか妙に気恥ずかしかった。

「しょーちゃん」

ほら、とまた内海さんが僕の肩を突《つつ》く。

ええ……仕方ないな……。

「……貴女《あなた》に会えて良かった」

「大げさだな。でも……私もだ。君がいてくれて良かった」

それを聞いたら、ぐっと涙がこみ上げてきて、僕はまた泣きそうになった。

「そんな顔をするな。心配しなくても、またすぐ会えるじゃないか」

「…………」

勿論《もちろん》その気になれば、いつだって会える。オンラインで話だってできるし、お互い永遠に旭川を離れているわけじゃないんだ——でもきっと、それはもう今までとは少し違う僕たちだ。

何故だかはっきりわかった。感じた。

少年だった僕と櫻子さんの時間は、もう終わりなんだ。

「櫻子さん」

きっと、これが最初で最後だ。

僕は櫻子さんを抱きしめた。

そして、その額にキスをした。

「行ってらっしゃい、『姉さん』。甘い物ばっかり食べちゃダメだよ」

腕を解《ほど》くと、櫻子さんは照れくさそうに、てへ、と笑って『無理だな』と言った。

「……いいんですか？」

そんな僕らを見ていた磯崎先生が、にやにや笑いで在原さんに問うたけれど、彼は「ただの挨拶《あいさつ》ですよ」と余裕そうな表情だ——そうだよ、わかってるよ。これはただの挨拶だ。

「さあ、感動のシーンを邪魔して申し訳ないが、もう本当に飛行機が飛んでしまうよ、櫻子」

在原さんが、苦笑いで言った。

「ああ！　じゃあ待って！　最後に、みんなで写真だけ！　スマイル！」

そう言ってばたばたと阿世知がスマホを構えた。

ちょっとだけ頬の赤い、僕と櫻子さんが笑う。

とびっきりの笑顔で写真を撮《うつ》したその日、僕は少年から大人になった。

エピローグ

そうして、櫻子さんは法人類学者の道に進んだ。

帰国後も博物館で研究を続けることになるらしい。

山路さんは故郷の増毛を出て、今は札幌で防犯警備の会社を立ち上げ、ボランティアで幼稚園や小学校に出向き、防犯スクールを開いている。

磯崎先生は相変わらずだ。ただ週末になると、薔子さんの別荘で綺麗《きれい》な花に囲まれて、幸せな一人の時間を謳歌《おうか》している。

内海さんもだ。彼も変らず、交番のお巡りさんで、いつでも困った人に寄り添って、町を守ってくれている。

設楽先生は病院を出て、今はなんと薔子さんと一緒に暮らしている。彼女が旭川の、あの薔薇《ばら》の咲く大きなお家《うち》を処分して、わざわざ庭の美しい別荘を準備したのは、やがて遠くなく訪れる別れの刻《とき》を、二人で静かに過ごす為だったらしい。

阿世知は警察学校では、なかなか優秀な生徒らしい。きっといい警察官になるだろう。

今居は結局鴻上に告白できないまま旭川を出たけれど、この前恋人が出来たって、すごい可愛い子と撮った写真を送ってきた。おめでとう。爆発しろ!

お祖父《じい》ちゃん達は、相変わらず元気だ。頼もしい三人がいてくれるから、母さんを残して僕は旅立つ勇気が持てた。

それに今、ヘクターは我が家で暮らしている。

番犬と呼ぶには、あんまり居眠りばかりで可愛いヘクターだけれど、一人で暮らす母さんの寂しさを、あのとびっきりの笑顔とモフモフした毛皮で、優しく癒《い》やしてくれている。

それに時々、散歩を手伝いに、鴻上も遊びに来てくれているらしい。

鴻上は結局法医学者の道ではなく、産科の医師を目指すことにした。

彼女が『自分の道』を見つけるきっかけになった、素敵な出会いがあったらしいけれど、それはまた、別のお話だ。

僕は旭川を離れ、時々兄さんには会うものの、今は一人で慣れない都会暮らしに四苦八苦している。

まだ夢の中ではしょっちゅう旭川にいて、目が覚めたときに無性に寂しくなったり、プリンが食べたいとか、鯛《たい》焼きが食べたいとか、シンコ焼きが食べたいとか、故郷の味が恋しすぎて悶絶《もんぜつ》してしまう。

心が寂しくて堪《たま》らない夜は、母さんが時々送ってくれるビタカスを齧《かじ》りながら、あの紅茶店の焼茶を淹《い》れて飲むのが、僕のホームシック解消法だ。

でもなんで東京にセコマないの？　カツゲンとナポリン、どこ探してもないんだけ

ど？（やき弁はこの前久しぶりにスーパーで見かけた）

離れた所から見る故郷は、本当に美しいし、愛《いと》おしい。

何気ない風景も抱きしめたくなる。

あの真っ青な空が、風が、空気が恋しい。あんなに出たいと思っていた街は、今では明日《あした》には帰れたらいいのにと思う。

離れてわかる。

旭川は本当に素敵な街だ。人が生きていくのに向いた街だ。

だけど場所が変れば出会いがある。出会いは人を成長させる。

今僕に必要なのは学びだ。わざわざみんなから離れた所を選んだのは、何より自分を成長させたかったからだ。

あんまり色々な事があった街から、記憶から離れ、勉強に集中したかったんだ。

それに——本当はきっと、櫻子さんがいないからだ。

彼女のいない旭川で生活するのが、あんまり寂しかったから。

とはいえ、実際こっちでの暮らしは思っていたより百倍濃厚で、いつでも散る桜のように駆け足で、ぼんやり「寂しい」なんて言っていられなかった。法医学者を目指す僕の新しい生活——それはまた、別のお話だ。

「館脇！　多摩《たま》川で上がったご遺体到着したって！」

まもなく終わる昼休み、食堂《アプリコット》で日替わりカレー（今日はハンバーグカレーだ！）を食べ終えた僕を、友人のウサギ——こと、宇佐美《うさみ》が呼びに来た。

「ああ～お昼しっかり食べるんじゃなかったよ」

僕より先に昼食を終えていたウサギが、がっくりと肩を落とす。

「うん。溺死《できし》体は覚悟した方がいいよ、マジで」

「もおお！　言わないでよ！　わかってるわよ！」

いや、多分わかってない。慣れないと、本当に溺死体は辛《つら》い。全てがキツイ。しみじみ人間は、陸上動物なのだと実感する——その時、ポケットの中のスマホが、ポン！　とメールの着信を告げた。

解剖が始まったらしばらくスマホなんて覗《のぞ》けない。今のうちだと思ってスマホを取り出して——そして、僕は凍り付いた。

「…………」

「……どうしたの？」

歩き出したはずの僕が、急に立ち止まったことをウサギが訝《いぶか》しむ。

「メール？　あ、なーに、彼女？」

彼女はにやっと笑うと、無理矢理僕の腕を引っ張って、スマホの中を覗いてきた。

「ちょ……やめてよウサ！」

「へへ、えーと差出人はphant――」

「何でもないよ！」

彼女が読み上げる前に、僕はその手を乱暴に振り払った。

ウサギはびっくりしたように、困り顔で笑った。

「そんな怒らないでよ。『ゲームをはじめよう』って、友達？　なーに？　北海道の？」

「……違うよ。友達なもんか」

「え？　そうなの？」

そうだ。友達なんかじゃない――僕の世界はここだ。ゲームなんかしない。

僕は中身を見ないまま、すみやかにメールを削除した。

櫻子さんの足下には死体が埋まっている

応援ありがとうございました。
これからのあなたの人生が
骨のあるものでありますように。
太田紫織
イラスト／鉄雄

〈参考文献〉

『子どもは「この場所」で襲われる』小宮信夫　小学館

『泥棒はなぜ「公園に近い家」を狙うのか？　―誰も知らなかった、お金と手間をかけない防犯術』梅本正行　現代書林

『人体、なんでそうなった？　余分な骨、使えない遺伝子、あえて危険を冒す脳』ネイサン　レンツ　久保美代子訳　化学同人

『悪魔の辞典』A・ビアス　奥田俊介・倉本護・猪狩博訳　KADOKAWA

＊本書の執筆に際し、取材にご協力頂きました方々に、厚く御礼申し上げます。

佐藤喜宣様（杏林大学医学部名誉教授）
盛口満様（沖縄大学人文学部こども文化学科教授）

北海道新聞社
長野県　蝶の民俗館　今井彰様
北海道　旭川市旭山動物園
北海道　紅茶専門店　ライフ・ラプサン
北海道　エチュード洋菓子店

最後まで櫻子と正太郎を見守ってくださった全ての皆様

本書は書き下ろしです。
この作品はフィクションです。実在の人物、団体等とは
一切関係ありません。

櫻子《さくらこ》さんの足《あし》下《もと》には死《し》体《たい》が埋《う》まっている

櫻《おう》花《か》の葬送《そうそう》

太《おお》田《た》紫《し》織《おり》

令和3年 3月25日　初版発行
令和6年 11月25日　3版発行

発行者●山下直久

発行●株式会社KADOKAWA
〒102-8177　東京都千代田区富士見2-13-3
電話　0570-002-301（ナビダイヤル）

角川文庫 22602

印刷所●株式会社KADOKAWA
製本所●株式会社KADOKAWA

表紙画●和田三造

●お問い合わせ
https://www.kadokawa.co.jp/（「お問い合わせ」へお進みください）
※内容によっては、お答えできない場合があります。
※サポートは日本国内のみとさせていただきます。
※Japanese text only

ISBN 978-4-04-111149-9　C0193

◆◇◇

角川文庫発刊に際して

角川源義

第二次世界大戦の敗北は、軍事力の敗北であった以上に、私たちの若い文化力の敗退であった。私たちの文化が戦争に対して如何に無力であり、単なるあだ花に過ぎなかったかを、私たちは身を以て体験し痛感した。西洋近代文化の摂取にとって、明治以後八十年の歳月は決して短かすぎたとは言えない。にもかかわらず、近代文化の伝統を確立し、自由な批判と柔軟な良識に富む文化層として自らを形成することに私たちは失敗して来た。そしてこれは、各層への文化の普及滲透を任務とする出版人の責任でもあった。

一九四五年以来、私たちは再び振出しに戻り、第一歩から踏み出すことを余儀なくされた。これは大きな不幸ではあるが、反面、これまでの混沌・未熟・歪曲の中にあった我が国の文化に秩序と確たる基礎を齎らすためには絶好の機会でもある。角川書店は、このような祖国の文化的危機にあたり、微力をも顧みず再建の礎石たるべき抱負と決意とをもって出発したが、ここに創立以来の念願を果すべく角川文庫を発刊する。これまで刊行されたあらゆる全集叢書文庫類の長所と短所とを検討し、古今東西の不朽の典籍を、良心的編集のもとに、廉価に、そして書架にふさわしい美本として、多くのひとびとに提供しようとする。しかし私たちは徒らに百科全書的な知識のジレッタントを作ることを目的とせず、あくまで祖国の文化に秩序と再建への道を示し、この文庫を角川書店の栄ある事業として、今後永久に継続発展せしめ、学芸と教養との殿堂として大成せんことを期したい。多くの読書子の愛情ある忠言と支持とによって、この希望と抱負とを完遂せしめられんことを願う。

一九四九年五月三日

ISBN 978-4-04-109877-6